Jillian Black

Verloren

Zwischen Leben und Tod

10 Kurzgeschichten

Bibliografische Information der Deutschen Nationalbibliothek:
Die Deutsche Nationalbibliothek verzeichnet diese
Publikation in der Deutschen Nationalbibliografie;
detaillierte bibliografische Daten sind im Internet über
http://dnb.dnb.de abrufbar.

Herstellung und Verlag:
BoD – Books on Demand, Norderstedt

Alle Personen sind frei erfunden. Jede Ähnlichkeit mit
lebenden oder bereits verstorbenen Personen ist rein zufällig.

ISBN: 978-3-7543-7455-9

Inhaltsverzeichnis

Verloren
Zwischen Leben und Tod

Buchbeschreibung:

Zehn Kurzgeschichten über den Anfang und das Ende
des Lebens. Nachdenklich, skurril, spannungsgeladen,
dramatisch... Alles andere als langweilig.

Die Autorin Jillian Black berichtet von zehn fiktiven
Schicksalen, die unterschiedlicher nicht sein könnten.
Und doch haben alle Kurzgeschichten eine Gemein-
samkeit. Die Protagonisten müssen sich plötzlich mit
dem Thema Verlust auseinandersetzen.

1. Kurz vor Mitternacht

Die Geschichte von Lisa und Jakob

Jakob:

Kurz vor Mitternacht

Ich fahre viel zu schnell mit meinem Auto. Meine Freundin redet panisch auf mich ein, sie wird lauter und fängt an, mich anzuschreien. Dabei weint sie laut und boxt mit der Faust nach mir.

Die Tränen laufen in Bächen über ihre Wangen. Ich versuche, die Schläge abzuwehren und gleichzeitig trotzdem nicht die Kontrolle zu verlieren. Meine Hände zittern, ich weiß, dass ich viel zu schnell fahre.

Mein Magen fühlt sich flau an. Keine Ahnung, wann ich das letzte Mal etwas gegessen habe.

Ihre Art macht mir Angst, so habe ich meine Freundin noch nie erlebt.

Wir führen eine Fernbeziehung. Vor ungefähr einem Monat haben wir uns auf einem Festival kennengelernt. Ihr rotbraunes Haar, das ihr bis zum Steißbein reicht, ihr voller Busen, ihr Lächeln und ihre grünen Augen haben mich damals direkt fasziniert. Die

Begegnung mit ihr war ein Lichtblick, gut ein Jahr nachdem mein Vater überraschend nach meinem 21. Geburtstag verstorben war.

Unsere Wohnorte sind ca. 150 Kilometer voneinander entfernt. Somit schaffen wir es nur am Wochenende, uns zu sehen. Aber das ist okay, wir sind beide noch am Studieren und dadurch unter der Woche mit Lernen beschäftigt.

Lisa kommt immer zu mir, denn ihre WG-Mitbewohnerin, so sagt sie, sei etwas chaotisch und die Wohnung nicht wirklich vorzeigbar. Ich erklärte ihr, dass mich das nicht stören würde, doch Lisa will trotzdem lieber zu mir kommen.

Vier Stunden zuvor

Noch an der Haustür fallen wir übereinander her. Ich beginne sie am Hals zu küssen, öffne ihre Bluse, streife diese dann schnell ab. Sie trägt keinen BH, der engt sie so ein, hat sie mir Mal erklärt. Der Rock, den sie trägt, ist kurz, aus Samt gefertigt und liegt eng an. Ich mache es mir einfach, schiebe ihn über ihre Oberschenkel und taste in ihren Schritt. Freudig stelle ich fest, dass sie keinen Slip trägt. Ich merke, wie meine Erregung stärker wird. *Perfekt*, denke ich, streife meine Jeans und Unterwäsche bis zu den Knöcheln herunter und drücke meine Freundin im Flur an die Wand.

Kurz darauf dringe ich mit meinem Penis tief in sie ein. Weil ich es so liebe, ziehe ich mein Glied ein paar Mal halb raus und dringe dann wieder in sie ein.

Wir fangen an, uns in einem gemeinsamen Takt zu wiegen. Lisa lacht überrascht auf, obwohl ich das schon ein paar Mal gemacht. Ich umspiele mit meiner Zunge ihre Brustwarzen, diese werden hart, Lisa stöhnt zufrieden. Dann küsse ich sie leidenschaftlich und schiebe sie durch die Tür der Wohnung Richtung Schlafzimmer und drücke sie aufs Bett.

Um ihr doppeltes Vergnügen zu bereiten, beginne ich, sie mit meiner rechten Hand am Kitzler zu stimulieren. Lisa reißt die Augen auf, schließt sie dann wieder, stöhnt und krallt sich mit beiden Händen im Bettlaken fest. Kurz darauf bäumt sie sich auf und wir kommen fast zeitgleich. Sie schreit dabei in einem schrillen Ton und ich stöhne auf. Erschöpft sinke zusammen und atme aus. Ich denke nicht darüber nach, ob die Nachbarn uns gehört haben könnten.

Nachdem wir zusammen geduscht haben – ein Ritual, was sich zwischen uns entwickelt hat – essen wir nackt eine bestellte Pizza auf der Couch und trinken Bier. Lisa rülpst zwischendurch und kichert dabei. Mich stört es nicht.

Später beschließen wir ins Kino zu fahren. Diese Verabredung ist quasi unser zweites richtiges Date, ansonsten waren wir nur bei mir zuhause. Wir konnten nicht genug voneinander kriegen. In welchen Film wir gehen, wollen wir spontan entscheiden. Wie fast alles, was wir am Wochenende unternehmen.

Zwei Stunden zuvor

Die Fahrt zum Kino verläuft unspektakulär.

Wir wählen einen Actionfilm. Viel bekommen wir davon aber nicht mit. Wir sind mehr damit beschäftigt, uns zu küssen. Als der Filmsaal nach gut zwei Stunden wieder hell wird, ruft uns jemand zu, dass wir uns ein Zimmer nehmen sollen, ein anderer lacht. Wir schauen stolz hoch, ein paar Leute gehen grinsend an uns vorbei. Wir zucken mit den Schultern, nehmen uns an der Hand und verlassen den Raum.

Es ist Hochsommer und noch immer sehr warm. Deshalb beschließen wir, noch in eine Kneipe zu gehen. Das ausgewählte Lokal liegt direkt neben dem Kino.

Eine Stunde zuvor

Nach einer halben Stunde muss ich auf die Toilette.

Als ich wieder komme, hat sich etwas verändert. Lisas Blick wirkt finster. Mit ihren grünen Augen funkelt sie mich böse an und mit ihrer rechten Hand trommelt sie gereizt auf die Tischplatte.

Irritiert schaue ich sie an.

»Habe ich was verpasst?«, frage ich ahnungslos.

»Habe ich was verpasst?«, äfft sie mich nach.

»Lisa, was ist mit dir los? Eben war doch noch alles in Ordnung gewesen. Hat dich, als ich weg war, ein Typ doof von der Seite angemacht? Der eine mit Halbglatze am Tresen hat dich, als wir reinkamen, schon so seltsam angeschaut«, plappere ich los.

Ich spüre, wie ich nervös werde. Lisa wirft ihr langes Haar theatralisch nach hinten, sagt aber nichts, sondern presst ihre Lippen fest aufeinander.

Nervös nippe ich an meinem Bier. Ich schaue auf ihr Glas. Es ist leer. Sie ruft die Bedienung und bestellt sich ein Glas mit Wodka.

»Die Runde geht auf mich«, sagt sie nach einer gewissen Pause trocken. Der Kellner nickt und notiert ihre Bestellung auf dem Bierdeckel.

Im Hintergrund läuft Musik von *Metallica*. Erst jetzt wird mir bewusst, dass wir in einem Rockerschuppen gelandet sind.

Lisa setzt das mit Wodka gefüllte Glas an ihren Lippen an und leert es mit einem Zug. Das Funkeln in ihren Augen wird immer stärker. Sie klopft wieder mit den Fingern auf den Tisch.

»Kannst du das bitte lassen?«, frage ich halblaut.

Sie schaut mich an. Dann grinst sie merkwürdig. Ich bekomme davon Gänsehaut.

»Warum? Macht es dich etwa nervös? Genauso nervös wie die Blonde an der Bar, die du immer wieder zwischendurch anstarrst?«

Ich runzle die Stirn.

Ich hätte nicht damit gerechnet, dass sie eifersüchtig ist.

»Wie kommst du darauf?«, frage ich und versuche, ruhig zu bleiben. Doch ich merke, wie ich ungehalten werde. Ich liebe nur Lisa und habe in der Zeit, wo wir hier sind, nur Augen für sie gehabt. Lisa lacht verächtlich.

»Wie ich darauf komme?«, wiederholt sie bissig meine Frage. Dabei zieht sie die Augenbrauen nach oben. Ich sehe in ihrem Blick, dass sie mir nicht glaubt. »Weil ihr Männer alle schwanzgesteuert seid!«

Ihre Stimme wird lauter und trotz der Musik fangen schon ein paar Rocker an, sich nach uns umzudrehen.

»Lisa, nun beruhig dich wieder. Die Blonde da interessiert mich doch gar nicht. Ich bin mit dir hier. Ich liebe nur dich!«, versuche ich, sie zu beruhigen. Dabei schaue ich ihr tief in die Augen und greife nach ihrer Hand.

Lisa weicht meiner Berührung aus und räuspert sich. Doch bevor sie dazu ansetzt, etwas zu sagen, verstummt sie. Das Funkeln in ihren grünen Augen wird schwächer. Schließlich seufzt sie und lässt zu, dass ich doch ihre Hand nehme.

Ich beginne ihren Handrücken zu streicheln, denn ich weiß, dass sie das mag. Mit der anderen Hand fasse ich an ihre Wange. Lisa legt ihren Kopf seitlich in meine Handfläche hinein und schließt dabei die Augen.

Irgendwie finde ich es ja auch etwas süß, dass sie eifersüchtig ist.

Ich beuge mich vor und küsse sie auf die Nasenspitze. Lisa kichert, öffnet ihre Augen und beginnt nun auch meine Hand zu streicheln. Ein paar Sekunden später hält sie inne.

»Ich muss mal. Und danach lass uns zu dir fahren und den Abend in deiner Wohnung ausklingen lassen?«

Sie steht auf, stellt sich neben mich, streicht mir über den Nacken und haucht mir ins Ohr: »Ich glaube, deine Matratze wartet auf uns.«

Mir läuft eine Gänsehaut über den Rücken und ich spüre eine leichte Erregung in meiner Hose. Ich merke, wie ich rot werde.

Meine Freundin ist aber auch heiß. Welcher Mann könnte das Angebot ablehnen?

Ich nicke, grinse leicht und kann es mir nicht verkneifen, ihr einen Klaps auf den Po zu geben, als sie sich noch mal für einem Kuss zu mir herunter beugt. Sie quiekt vor Freude auf. Unsere Sitznachbaren grölen einmal laut und fangen dann an zu tuscheln.

Errötend, aber auch mit Vorfreude ziehe ich mein Handy aus der Jeansjacke, um die Zeit bis zu ihrer Rückkehr zu überbrücken.

Eine halbe Stunde zuvor

Ich scrolle eine Weile durch Facebook und Instagram.

Meine Gedanken werden von einer Stimme unterbrochen. Doch es ist nicht die meiner Freundin. »Hey, hast du mal Feuer für mich?«

Ich hebe meinen Kopf. Die Blonde, die zuvor am Tresen saß, steht vor mir. Trotz des Make-ups erkenne ich, dass sie einige Jahre älter als ich sein muss. Sie trägt eine enge Lederhose und eine helle Bluse, die ihr pralles Dekolleté gut zur Geltung bringt. Ich gebe zu, ich hatte vorhin ein paar Male zu ihr rüber geschaut. Sie legte es mit ihrem Aussehen darauf an, dass

Männer sie anstarrten. Aber das wollte ich vor Lisa nicht zugeben. Sie hätte das sicherlich missverstanden.

Mein Herz fängt an, schneller zu schlagen. Ich werde leicht nervös und schaue zu den Toiletten, die sich links von mir in einem Gang befinden.

Lisa ist schon eine Weile fort. Ob alles okay bei ihr ist? Ach was solls ... Ich darf mich ja wohl mal unterhalten. Was soll schon passieren?

Ich atme tief ein und aus, nicke und drehe mich zu meiner Jacke um, die ich über meinen Stuhl hinter mich gehängt habe. Mein Feuerzeug ist schnell gefunden.

»Danke«, antwortet mir die Blonde und starrt dabei auf meine Hose.

Ich nicke und rutsche nervös auf meinem Stuhl hin und her. Die Erregung in meiner Hose wird stärker. Diesmal ist sie nicht wegen Lisa.

Ich bin doch schwanzgesteuert, schießt es mir durch den Kopf. Andererseits hatte ich solch eine Situation noch nie. Zwei Frauen, die mich toll finden. Und beide sind auf ihre Art heiß.

»Darf ich?«, fragt die Blonde, die immer noch neben mir steht, jetzt mit angezündeter Zigarette.

Ohne eine Antwort abzuwarten, lässt sie sich auf dem Stuhl, auf dem zuvor Lisa saß, nieder. Jetzt sitzt sie mir gegenüber.

Ich will den Mund öffnen, um etwas zu erwidern. Ich ahne, dass das nicht gut gehen kann. Doch im gleichen Moment kommt Lisa von der Toilette zurück, schießt auf die Blonde zu und schubst sie vom Stuhl. Erst schaut diese überrascht, danach sauer.

»Sag mal, geht's noch du Schlampe? Das ist mein Freund!«, schreit Lisa die Blonde an.

»What the Fuck, Mädel. Ich habe nur nach Feuer gefragt und wollte mich danach etwas unterhalten. Was geht denn mit dir ab?«, faucht die Blonde zurück.

Hastig gehe ich zu Lisa und halte sie davon ab, sich auf ihre Konkurrentin zu stürzen. Meine Erregung verschwindet schlagartig. Aktuell empfinde ich kein Verhalten der beiden Frauen als heiß.

»Genug jetzt! Reiß dich zusammen! Was ist nur in dich gefahren?«, ermahne ich meine Freundin und schaue danach entschuldigend zu der Blonden.

Da Lisa sich wehrt, packe ich sie hart am Arm und zerre sie aus der Bar. Stinksauer dränge ich sie in Richtung Auto. Lisa schreit mich auf den ganzen Weg dorthin an und beschimpft mich.

Eine übertriebene Wut steigt in mir auf und ergreift Macht von mir. Meine freie Hand ballt sich zu einer Faust.

Wieder kurz vor Mitternacht

Ich überschreite auf der Autobahn das Tempolimit. Ich fahre immer schneller. Mein Fuß scheint auf dem Gaspedal festgeklebt zu sein. Ich kann nicht aufhören. Es ist, als hätte ich keine Kontrolle mehr über mein Handeln.

Lisa kämpft nun auch mit den Fäusten gegen mich an. Ich überlege, auf den Seitenstreifen zu fahren, um sie aus dem Wagen zu werfen. Ich sehe ihr an, dass sie Angst hat und ja, ich genieße es. Mein Fuß drückt immer weiter das Gaspedal durch.

Mit 180 km/h schießen wir mit meinem Ford über die Fahrbahn. Ich verstehe nicht mehr, was Lisa sagt, ihr Schreien ist ein einziges gellendes Geräusch in meinen Ohren geworden. Ich grinse.

Plötzlich setzt mein Gehirn aus. Ich will, dass ihr Schreien aufhört. Langsam fängt ihre panische Angst an, mich zu nerven. Ich reiße das Lenkrad schlagartig herum.

Innerhalb weniger Sekunden trifft Blech auf Blech. Der Wagen kracht frontal in die Leitplanke, es knirscht und kracht. Ich spüre, wie sich mein Airbag öffnet und sehe, wie das Auto vorne zusammengedrückt wird. Meine Hände sinken vom Lenkrad.

Kurz darauf umgibt mich Stille. Langsam verliert der Airbag wieder an Luft.

Lisa ist stumm. Auf der Beifahrerseite war kein Airbag vorhanden. Blut läuft von ihrer Stirn über ihre Wange. Ihre grünen Pupillen sind starr, ihr Mund weit aufgerissen.

Ich habe keine Angst mehr und meine Wut ist verflogen. Eine Weile bleibe ich neben ihr sitzen und schaue sie zufrieden an.

Ja, so gefällt sie mir am besten.

Ich öffne vorsichtig die Fahrertür. Aus der eingedrückten Motorhaube dringt Rauch. Außer ein paar Schrammen bin ich unverletzt.

Andere Autos halten an. Ein paar Personen stürzen auf mich zu. Ein Mann ruft einen Krankenwagen. Eine Frau fragt, ob ich verletzt bin. Ich schüttle den Kopf.

»Meine Freundin ist tot«, sage ich halblaut. Es klingt so seltsam. Mein Körper schüttelt sich. Unvollständige Satzfesten kommen aus meinem Mund, Tränen fließen aus meinen Augen. Die Frau nimmt mich in dem Arm, streicht mir tröstend über den Rücken.

»Das tut mir sehr leid für Sie. Sie haben sie bestimmt sehr geliebt«, redet sie beruhigend auf mich ein.

Ich weine nicht, ich lache vor Erleichterung.

Mir tut es nicht leid. Doch das darf ich nicht sagen. Genauso wenig wie ich beichten darf, dass sie nicht die Erste war, die ich umgebracht habe.

2. Ein Augenblick

Die Geschichte von Paul und seiner Mutter

Paul:

Ich hatte gestern meinen 18. Geburtstag und heute ziehe ich aus meinem Elternhaus aus. Mama hat Tränen in den Augen. Sie sitzt auf der Couch und faltet ein paar T-Shirts von mir, die sie gestern noch mal gewaschen hat, damit ich sie heute auch mitnehmen kann.

»Freiburg: so eine schöne Stadt. Aber so weit weg …«, höre ich sie halblaut sagen.

Sie wischt sich die aufkommenden Tränen fort und seufzt einmal. Dann presst sie die Lippen aufeinander. Doch als ich auf sie zugehe, um sie zu trösten, setzt sie ein Lächeln auf. »Na Paul, mein Junge. Hast du alles? Wir werden uns wohl erst an Weihnachten wieder sehen. Schließlich beginnt bald das neue Semester. Du wirst viel zu tun haben. Und dann willst du in deinem neuen Wohnort ja auch neue Leute kennenlernen«, sie schluckt, »Ja, so soll es sein. Du bist schon groß und ich bin froh, dass du es so weit geschafft hast.«

Ich nicke, räuspere mich und fasse ihr kurz an die Schulter. Doch dann lasse ich meine Hand wieder sinken. Natürlich mag ich meine Mutter, aber in unserer Familie haben wir uns fast nie umarmt. Es kommt mir falsch vor, jetzt damit anzufangen. Dann öffne ich den Mund, um was zu sagen, schließe ihn jedoch wieder.

»Ich komme zurecht, mein Sohn. Bald geht der Nähkurs wieder los. Und Emma ist ja auch noch da«, spricht meine Mutter.

Ich will was sagen, aber kann nicht.

Wir schauen beide zu der grau-getigerten Katze, die auf dem Fensterbrett im Wohnzimmer zusammengerollt schläft.

»Na klar, du bist nicht allein«, mache ich ihr Mut. »Und mit den Nachbarn verstehst du dich ja auch gut. Du hast dich ab und zu schon auf einen Kaffee mit ihnen getroffen oder warst mit ihnen gemeinsam in der Stadt. Seit …«, ich breche mitten im Satz ab.

Seit Papa dich für eine Jüngere verlassen hat.

Mein Vater ist vor drei Monaten ausgezogen. Er hatte uns nur einen kurzen Brief, wie eine Art Einkaufszettel hinterlassen. Seitdem reden wir kein Wort mehr über ihn.

Etwas flau ist mir schon im Magen, als ich meinen großen Rollkoffer, mit dem ich sonst mit Freunden einmal im Jahr in den Urlaub gefahren bin, zur Haustür hinausschiebe.

Darf ich sie wirklich alleine lassen? Wird es ihr gut gehen ohne mich? Wer kümmert sich um sie, wer erklärt ihr das Internet oder repariert kleine Sachen im Haus?, stelle ich mir in Gedanken tausend Fragen. Bisher habe ich das für sie gemacht.

Ich schüttle die innerlichen Vorwürfe ab. Dafür habe ich jetzt keine Zeit.

Meine Mitfahrgelegenheit, ein junger Typ mit einem Corsa, hält vor unserem Haus. Er parkt in der Einfahrt.

»Also dann ...«, sage ich zögernd.

Ich drehe mich ein letztes Mal zu meiner Mutter um.

»Also dann ...« ist sie seltsamerweise mein Echo und starrt teilnahmslos ins Leere. Ich habe mehr Reaktion von ihr erwartet.

Grinsend beschließe ich, sie nun doch noch einmal fest in den Arm zu nehmen.

Meine Mutter ist die letzten Monate sehr schmal geworden. Verständlich, wenn man nach zwanzig Ehejahren verlassen wird. Sie hat nicht viele Freunde, außer die Nachbarn, mit denen sie ab und an Kontakt pflegt. Und ich merke, dass es ihr noch schwerfällt, mit Mitte vierzig noch mal ganz von vorne anzufangen.

»Du schaffst das«, flüstere ich ihr ins Ohr. Ich möchte ihr Mut machen.

Ich spüre, wie sie schwer schluckt, aber nickt. Dann schiebt sie mich sachte von sich fort.

»Aber natürlich schaffe ich das, Paul. Und du sowieso! Ich freu mich so für dich! Freiburg, ich wollte schon immer mal dahin, aber dein ... « Sie beendet den Satz nicht. Es entsteht eine kurze Pause.

Der Typ, der mich mitnehmen wird, beginnt ungeduldig mit seinem Corsa zu hupen.

»Mama, ich muss jetzt los«, drängte ich sie zu einem Abschied.

23

»Aber klar, nur zu mein Junge. Es wird Zeit! Melde dich, wenn du angekommen bist. Und dann genieß das Neue, das auf dich zukommt.«

Ich nicke ihr noch einmal zu. Dann steigt der Typ, der das Auto fährt, aus und hilft mir, meine Tasche und meinen großen Rucksack im Kofferraum zu verstauen.

Mama steht verloren vor der Tür und winkt mir noch lange nach. Sie wird im Rückspiegel immer kleiner.

»Das erste Mal weit weg von zu Hause?«, fragt mich der Fahrer neugierig.

Ich nicke. Er heißt Björn. Ich habe über eine Mitfahrzentrale im Internet Kontakt zu ihm aufgenommen. Er studiert schon ein paar Semester in Freiburg.

Wir fahren ungefähr zehn Minuten, bis wir den Ort verlassen. Die Landstraße schlängelt sich durchs Tal. Autobahnen sind hier zwar vorhanden, aber man muss schon eine Weile fahren, bis man auf diese auffahren kann.

Wir sind schon gut eine Stunde unterwegs. Björn hat sich vor ein paar Minuten auf die Autobahn eingefädelt, als ich nervös feststelle, dass ich etwas vergessen habe.

»Verdammt, das kann doch echt nicht wahr sein! Wie kann man nur so verdammt blöd sein?«, fluche ich laut.

Björn zuckt zusammen. »Man, erschreck mich doch nicht so. Was ist denn los?«

»Ich habe mein Handy im Bad liegen lassen«, rufe ich hektisch.

»Ist das dein Ernst?«, fragt Björn ärgerlich.

Ich kann verstehen, dass er sauer ist.

Meine Hand klatscht auf meine Stirn. Ich ärgere mich über meine eigene Vergesslichkeit.

Björn räuspert sich. Sein Blick wird wieder etwas entspannter. »Na ja, das kann Mal passieren. Ich fahre bei der nächsten Ausfahrt raus. Wir sind ja zum Glück zeitig losgefahren. Auch wenn wir noch mal zurückmüssen, kommen wir trotzdem noch im Hellen an.«

Ich habe echt verdammtes Glück, dass er so hilfsbereit ist.

»Danke«, sage ich erleichtert.

Dann wische ich mir meine schweißige Stirn mit dem Ärmel trocken.

Indem Moment fängt es an, leicht zu regnen. Der Himmel verdunkelt sich. Ich schaue Björn von der Seite an.

Wir fahren einen kleinen Umweg, dann kommen wir wieder auf die Landstraße, von der aus wir gestartet sind.

Je näher wir dem Haus meiner Mutter kommen, desto stärker wird der Regen. Die Wassertropfen gehen bald darauf in Hagel über. Die Scheibenwischer laufen auf der schnellsten Stufe und trotzdem wird die Sicht nach draußen immer verschwommener.

»Kannst du überhaupt noch etwas erkennen?«, frage ich Björn besorgt.

»Passt schon«, presst er raus. Ich registriere jedoch seinen nervösen Blick.

Ich schlucke. Mein Herz schlägt mir bis zum Hals, mit einem Mal habe ich eine düstere Vorahnung.

Es sind nur noch wenige Kilometer bis zum Haus, zeigt das Navi an.

Dann hält Björn an. Wir sind angekommen.

Die Scheinwerfer des Autos sind auf den Eingang des Wohnhauses gerichtet.

»Paul …«, sagt Björn, seine Stimme zittert.

»Was, wie?«, stottere ich. Dann stoße ich mit Schwung die Beifahrertür auf.

Die Haustür steht offen. Ich spüre, dass meine Klamotten innerhalb von Sekunden klitschnass sind. Der Regen geht durch und durch.

Ein regungsloser Körper liegt auf den unteren Stufen der Eingangstreppe. Das Gesicht ist Richtung Boden gedreht, die Arme und Beine sind unnatürlich verdreht.

Björn ist innerhalb weniger Sekunden an meiner Seite.

Ich erkenne die Person, es ist meine Mutter und stürme panisch auf sie zu und falle vor ihr in die Knie. Meine Hände zittern, sie bewegt sich nicht. Ich traue mich nicht, sie umzudrehen. Hinter mir höre ich Björns Stimme, er ist dabei, einen Rettungswagen zu verständigen. Ich fange an zu schluchzen und sinke über ihr zusammen. Ich spüre ihr nasses Haar in meinem Gesicht. Verzweifelt taste ich nach ihrer Hand und spüre, dass diese unnatürlich kalt ist. Sie ist tot.

Es ist dunkel geworden, nicht nur vom Unwetter. Die Straßenlaternen sind angegangen.

Ich spüre Björns Hand. Er sagt: »Der Rettungswagen ist in ungefähr zehn Minuten da.«

Wir ahnen beide, dass es schon längst zu spät dafür ist. Mein Weinen wird lauter, ich kann es nicht unterdrücken. Vorhin war noch alles gut mit ihr. Sie war nie krank – soweit ich mich erinnern kann.

Nun bin ich ganz allein. Ich fühle mich hilflos. Björn kniet hinter mir, hält tröstend seine beiden Hände auf meine Schultern. Ich lasse es geschehen, aber seine Geste kann mir den Schmerz nicht nehmen.

Die Sirene ertönt und kurz darauf trifft der Rettungswagen ein. Ich höre Türen knallen und spüre weitere Hände auf meinen Schultern. Ein Rettungsdienstmitarbeiter redet beruhigend auf mich ein und führt mich von meiner Mutter weg. Ich lasse es geschehen, fühle mich wie betäubt. Der Regen wird weniger und hört schließlich ganz auf.

Ich zittere, jedoch nicht nur vor Kälte. Das Zittern kommt aus meinem Inneren.

Mama ist tot. Vor wenigen Stunden hatte sie sich noch so für mich gefreut. Freiburg – ich kann keinen Gedanken mehr daran verschwenden. Das Studium dort, neue Leute kennenlernen, das erscheint mir gerade alles so unwichtig.

Der Rettungsdienstmitarbeiter und Björn reden auf mich ein und versuchen, mich zu beruhigen, mir Halt zu geben. Ich nehme es nicht wahr, mir wird flau, Übelkeit steigt auf, mein Umfeld verschwimmt. Autotüren knallen, dann wird mir schwarz vor Augen.

Ungefähr eine Woche später

Eine Stunde vor der Beerdigung

Heute ist die Beerdigung meiner Mutter, es erscheint mir noch immer unwirklich. Das Haus ist so leer ohne sie. Außer meinem Toilettenbeutel habe ich meinen Reisekoffer nicht ausgepackt, er steht in einer hinteren Ecke des Flures. Mir fehlt die Kraft dazu.

Die Jacken meiner Mutter riechen weiterhin nach ihr. Jeden Abend habe ich die Hoffnung, dass es nur ein Albtraum ist und ich morgen wieder in einer heilen Welt aufwache. Vielleicht ist sie einfach nur bei einer Freundin und kommt in ein paar Tagen zurück?

Die Sterbeurkunde liegt im Flur auf der Anrichte, ein Blick darauf holt mich jeden Morgen erneut wieder in die Realität zurück.

Ich schlafe fast nur noch und bekomme kaum einen Bissen herunter. Ich fühle mich, als hätte mich jemand in Watte gepackt.

Eine halbe Stunde vor der Beerdigung

Kurz nachdem ich aus der Dusche komme, höre ich im Erdgeschoss einen Schlüssel im Schloss der Haustür knacken. Ich halte inne, mein Herz klopft schnell.

Meine Mutter kann es nicht sein – Sie kommt nicht mehr wieder.

Ich schlucke, trockne mich ab und ziehe mich zögernd an.

Der Postbote hat keine Schlüssel. Er kann es auch nicht sein. Wer ist es dann?

In Gedanken flehe ich, dass es kein Einbrecher ist.

Als ich die Treppe herunterkomme, stehen Schuhe im Flur. Ich erkenne sie. Es sind die Lieblingsschuhe meines Vaters.

Ich wusste gar nicht, dass er noch einen Schlüssel hat.

Er wartet im Wohnzimmer auf der Couch. Er hat den Kopf in den Händen vergraben, sein Haar ist grau und dünner geworden. Sein Anzug wirkt neu, er scheint beim Friseur gewesen zu sein und den Vollbart hat er abrasiert. Ich räuspere mich. Er zuckt zusammen, steht auf, dreht sich nach mir um und geht auf mich zu, dann drückt er mich kurz, schiebt mich dann von sich weg und nickt mir zu. Seine Lippen sind fest aufeinandergepresst, er hat Tränen in den Augen. Auch er hat nicht mit ihrem frühen Tod gerechnet. Mein Vater ist genauso geschockt wie alle anderen. Ein Stück hinter ihm steht eine junge Frau, kaum älter als ich. Ihr blondes Haar trägt sie zu einem Pferdeschwanz zusammengebunden. Ich schaue kurz zu ihr und sehe die starke Rundung ihres Bauches. Mir ist klar, dass sie sicherlich schon im 8. Monat schwanger sein muss.

Verärgert balle ich meine Hände zu Fäusten.

Dieses Arschloch. Hat er denn gar keinen Anstand?

Mein Vater öffnet den Mund. Er will etwas sagen, schließt ihn aber wieder. Schweigend gehen wir im Anschluss zusammen in die Kirche.

Während des Leichenschmauses

Papa setzt sich rechts neben mich. Links von ihm sitzt seine Freundin. Sie nimmt seine Hand und drückt sie fest. Währenddessen legt er seinen Kopf für einen Moment auf ihre Schulter. Ich schaue auf meine linke Seite. Dort hat sonst immer Mama gesessen. Bei Familienfeiern, Hochzeiten, der Beerdigung von Oma und Opa. Doch nun … Wut steigt in mir auf und ergreift immer mehr Besitz von mir.

Meine Mutter hatte einen Schlaganfall, kam bei der Untersuchung der Leiche heraus. Sie musste schon lange mit hohem Blutdruck und Kopfschmerzen zu kämpfen gehabt haben. Aber sie hat nie geklagt oder anders zu erkennen gegeben, dass es ihr nicht gut ging.

Zu der Wut auf meinen Vater und dessen Freundin kommt nun auch Zorn auf sie hinzu. Ich bin sauer, dass sie nichts gesagt hat und nicht zum Arzt gegangen ist. Jetzt ist es zu spät.

Nach dem Leichenschmaus sagt mein Vater, dass es noch nicht zu spät für mich wäre, um nach Freiburg zu fahren. Die ersten Vorlesungen, die ich inzwischen verpasst hätte, wären eh nur zum Kennenlernen da. Somit könnte ich noch problemlos in mein Studium einsteigen. Außerdem würde mein Bruder bald zur Welt kommen und wir könnten dann Weihnachten zusammen feiern.

Ich habe beim Essen nichts runter bekommen. Übelkeit steigt in mir auf, aber nicht vom Anblick der Mahlzeit, sondern von den Worten meines Vaters. Mein Blick ist gesenkt, ich kann ihn nicht anschauen. Meine Fäuste sind immer noch geballt, mein Körper verkrampft.

Und dann stehe ich von meinem Stuhl auf. Von den Trauergästen sind nicht mehr viele da. Halblautes Gemurmel dringt in meinen Ohren.

»Mir ist übel…«, stammle ich.

»Musst du dich übergeben? Soll ich dich zur Toilette begleiten?«, fragt mein Vater besorgt.

Ich nicke. Langsam gehen wir zu den WCs. Ich stütze mich halb auf meinen Vater.

»Soll ich mit rein?«, fragt er.

Ich schüttle den Kopf, dann richte ich mich auf, wische mir übers Gesicht, drehe mich zu ihm um und starre ihn an. Er schaut mich fragend an. Ich hole aus, treffe ihn mit meiner Faust mitten im Gesicht. Ich höre und spüre, wie seine Nase bricht.

»Der Schlag ist für Mama«, fauche ich trocken.

Mir war nicht übel. Ich nutze die Behauptung, dass mir unwohl sei, lediglich als Ausrede, um ihn von den anderen Gästen wegzulocken.

Mein Vater verliert das Gleichgewicht und fällt auf den Holzboden. Fassungslos schaut er mich an. Mit einer Hand wischt er sich das Blut aus dem Gesicht, mit der anderen Hand fasst er sich schmerzverzerrt an seine demolierte Nase.

3. Die Flucht

Die Geschichte von Tina und David

Tina:

Ich stehe im Bad und betrachte mein Gesicht im Spiegel.

Meine rechte Wange ist geschwollen und schillert in zahlreichen Farben. Mein rechtes Auge wird von einer Schwellung bedeckt. Meine Unterlippe ist auf einer Seite halb aufgeplatzt und blutet. Ich bin schockiert von meinem eigenen Anblick.

Vor gut zehn Minuten hat mein Mann das Haus verlassen. Seine wütenden Schreie hallen noch immer in meinen Ohren.

Vorsichtig schließe ich meine Augen und spüre in Gedanken seine Schläge abermals auf meiner Haut.

Ich sehe aus wie Quasimodo, der buckelige Glöckner aus der Saga Notre Dame, dessen Gesicht ebenfalls schief erscheint.

Es ist nicht das erste Mal, dass er mich geschlagen hat. Aber in diesem Moment beschließe ich, dass es heute das letzte Mal gewesen sein wird. Ich hatte im letzten Jahr drei Fehlgeburten. Seiner Meinung nach war das meine Schuld. Überhaupt gab er mir immer für alles die Schuld.

Vor zwei Monaten verlor er seinen Job. Bald darauf starben überraschenderweise seine Eltern. Heute Morgen haben wir einen Brief von der Bank erhalten. Da David, mein Ehemann, nach seiner Kündigung die Raten vom Kredit nicht mehr weiter abzahlen kann, werden wir nun auch bald noch unser Haus verlieren. Die Mahnung war wieder ein Grund für ihn, mich zu verprügeln. So fand er immer wieder Gründe, um laut zu werden oder mich zu schlagen.

Ich ging nicht mehr aus dem Haus, damit niemand meine Verletzungen sah. Ich arbeitete schon eine Weile nicht mehr als Bürokauffrau. Mein Mann wollte das nicht, meinte er vor ein paar Jahren. Er behauptete, sein Gehalt würde für uns beide ausreichen. Freundinnen hatte ich mal, doch diese zogen nach und nach fort und ich schaffte es nicht, mich gegenüber neuen Personen zu öffnen. Die Nachbarn suchten ab und an das Gespräch mit mir, doch ich blieb durchweg freundlich reserviert. Denn David meinte, dass es nicht nötig wäre. Er wollte nicht, dass jemand erfuhr, wie er mich behandelte. Er war stets darauf bedacht, dass ich zu niemand eine zu enge Verbindung aufbaute.

Ich wische mir mit einem feuchten Waschlappen das Blut von der Lippe. Dabei zucke ich schmerzerfüllt zusammen. Es tut weh und die Wunde brennt. Dann klappe ich die Türen des Spiegelschrankes auf und hole eine Schmerzsalbe hervor. Auf der Verpackung steht, dass die Salbe schmerzstillend bei Prellungen und Hämatomen wirkt. Vorsichtig tupfe ich sie auf die Schwellungen in meinem Gesicht und versuche dabei das Atmen nicht zu vergessen. Als ich damit fertig bin und die Salbe wieder verstaue, schaue ich auf die Uhr im Bad. David müsste inzwischen mit seinem Training im Fitnessstudio begonnen haben.

Das Programm, das er absolviert, dauert ungefähr zwei Stunden. Das war genug Zeit für mich, um meine wichtigsten Sachen zu einzupacken. Ich gehe zur Tür und setze meine Maske auf, dabei fällt mir der Einkaufskorb neben der Garderobe ins Auge.

David will nicht, dass mich andere Männer beim Einkaufen attraktiv finden könnten. Einkaufen ist noch das Einzige, zu dem ich raus darf. Ansonsten hält er mich in der Wohnung gefangen. Dass ich aufgrund des Covid-19-Virus mit Maske vor dem Mund und der Nase raus muss, gefällt sowohl ihm als auch mir. Er braucht sich nicht davor zu fürchten, dass andere Typen mit mir flirten könnten, und ich kann meine Blutergüsse verstecken. Zusätzlich zum Mund-Nasen-Schutz trage ich oft noch eine große Sonnenbrille. Diese lasse ich auch in den Geschäften auf. Es hat noch niemand nach dem Grund gefragt. Dass es gerade Hochsommer ist, spielt mir dabei in die Karten. Die Maske in Verbindung mit der Sonnenbrille verdecken meine Verletzungen vollständig.

Alle paar Tage kommen neue Blessuren hinzu. Häufig schlägt er mich auch nur wegen Banalitäten. Wenn ich die Milch vergesse oder das falsche Brot einkaufe. Doch damit ist jetzt Schluss. Ich gehe. Für immer!

Ich öffne die Wohnungstür, schaue, ob der Weg frei ist, und husche flink über die Treppe in die Freiheit hinaus. Ab jetzt beginnt ein neues Leben.

Vor gut drei Jahren starben seine Eltern auf tragische Weise. Ich hatte für sie eingekauft, war auf dem Weg zu ihnen gewesen und hatte sie am Ende auch leblos in ihrem Schlafzimmer vorgefunden. Sie hatten - warum auch immer - ihren Holzkohlegrill von der Terrasse ins Wohnzimmer gestellt und waren durch das entstandene Kohlenmonoxid erstickt.

Ich rief meinen Mann noch vor Ort an, nachdem ich den Rettungswagen und die Polizei informiert hatte. Er kam sofort, war blass und sagte kein Wort. Erst als wir zu Hause waren, begann er mich anzuschreien, schubste mich mehrmals gegen die Wand im Flur und stoppte damit auch nicht, als ich mein Gleichgewicht verlor und auf dem Boden landete. Er brüllte mich an, warum ich den Tod seiner Eltern nicht verhindert hätte. Schützend hatte ich damals meine Hände über meinen Kopf und mein Gesicht gelegt.

Bei seiner ersten Attacke zog ich mir Prellungen und Schürfwunden an den Beinen zu und an meinen Armen entstanden blaue Fleck. Später sollten das die üblichen Stellen werden, an denen er mich immer wieder hart anpackte. Ich erzählte niemand davon. Stattdessen schob ich es auf seine Trauer. Ich dachte, es wäre ein Versehen gewesen.

Danach geschahen ein paar Monate nichts. Doch dann schlug er mich ein zweites Mal und dann immer häufiger. Ich überlegte, zum Arzt zu gehen, doch hatte Hemmungen.

An meinem 28. Geburtstag brach er mir ein Bein, als er mich die Treppe zum Keller hinunterstieß. Er entschuldigte sich mehrmals danach und fuhr mich sogar ins Krankenhaus. Dort erzählte er dem Arzt, ich wäre manchmal etwas ungeschickt. Der Arzt glaubte ihm, denn ich bestätigte die Geschichte.

Nach diesem Vorfall achtete David darauf, mich so zu schlagen, dass keine größeren Verletzungen entstanden. Beziehungsweise, dass ich mich selbst behandeln konnte und keinen Arzt benötigte.

Meine Knochen schmerzen fast durchgehend aufgrund diverser Prellungen und die Blutergüsse brauchen immer länger zum Abheilen. Aber ich getraue mich weiterhin nicht, zu einem Arzt zu gehen und versuche, mich selbst zu behandeln. Ich dachte, ich müsste das alles ertragen und ich glaubte ihm, dass die Attacken meine Schuld wären. Erst jetzt, nach drei Jahren, habe ich den Mut, mich zu wehren und das Haus und ihn zu verlassen.

Heute Morgen beim Frühstück hatte ich Glück: Die Frühstückseier waren genau auf den Punkt weich gekocht und die Brötchen waren ebenfalls so, wie sie sein sollten. Das hieß, ich bekam nicht schon vor dem Frühstück die ersten Schläge ab.

Nachdem David fertig gespeist hatte, meinte er zu mir: »Ich möchte heute Abend Schnitzel mit Soße und Bratkartoffeln. Doch wenn dir das Essen wie beim letzten Mal anbrennt, dann sei dir sicher, dann bringe ich dich um!«

Er lachte leise und ich bekam dabei eine Gänsehaut am ganzen Körper und Übelkeit stieg in mir auf. Ich atmete tief ein und aus, versuchte das Empfinden zumindest für diesen Moment abzuschütteln und Kraft zu sammeln. Meine Hände ballten sich zu Fäusten. Am liebsten hätte ich ihn geschlagen, so wie er es tat, wenn ich etwas sagte, das ihm nicht gefiel. Doch ich bin schmal und mache keinen Sport. David achtet sehr darauf, was ich esse, wenn er anwesend ist. Er liebt schlanke Frauen, hatte er mir mal anfangs gesagt, und er würde sich davor ekeln, wenn diese irgendwann in die Breite gehen würden.

Seine Stimme und sein Brüllen klingen immer noch in meinem Kopf nach. Auch wenn er nicht da ist, spüre ich seine Schläge auf meinem Körper. Kein Tag vergeht mehr, an dem er mir nicht wehtut.

Wir haben noch keine neue Wohnung. Wenn uns die Bank kündigt, verlieren wir unser Haus und müssen in eine kleine Wohnung ziehen. Das bedeutet dann noch mehr Konfliktpotenzial.

Ohne mich, aber das habe ich ihm, bevor er vorhin ging, nicht sagen wollen. Am Sonntag werde ich dreißig. Ich fühle mich zu jung zum Sterben.

Vor zwei Tagen hatte ich noch überlegt, ob ich den Freitod als letzten Ausweg wählen sollte. David ließ sich seit dem Jobverlust vom Arzt Schlaftabletten verschreiben. An diese wäre ich problemlos herangekommen. Doch dann hatte ich doch nicht den Mut dazu gehabt, an seinen Nachtisch zu gehen. Mein Mann bewahrte alle Tabletten dort auf, ich musste ihn um Erlaubnis fragen und er entschied dann, ob ich wirklich dort dran durfte oder nicht.

Ich fühle mich so kraftlos und trotzdem mache ich mich auf den Weg ins Ungewisse. In einer Tasche habe ich ein paar T-Shirts und Jeans sowie Unterwäsche zusammengepackt.

Auf meinen Schultern liegt eine bleierne Schwere und mein Magen krampft sich zusammen, als ich jetzt die Straße entlanglaufe. Wie eine alte Frau bewege ich mich Schritt für Schritt vorwärts. Mit dem Taxiunternehmen habe ich vereinbart, dass mich ein Taxifahrer an der nächsten Straßenecke einsammeln soll. Davor hatte ich mit einem Frauenhaus telefoniert. Sie nehmen mich auf, bis ich weiß, wie es in meinen Leben weitergeht. Ich sollte erst mal das Nötigste einpacken und zu ihnen kommen. Falls David mich nicht gehen lassen würden, könnten sie die Polizei und zwei Mitarbeiterinnen zu mir schicken, meinte die emphatische Frau am Telefon. Doch ich rechne nicht damit, dass ich meinem Ehemann noch einmal begegne. David, da bin ich mir sicher, wird auf jeden Fall das Sportprogramm bis zum Schluss durchziehen.

Ich habe noch gut eine Stunde Zeit, bis er zurückkommt. Ich hatte kurz überlegt, ihm einen Abschiedsbrief zu schreiben. Doch das erschien mir falsch. Deshalb stehe ich an dem vereinbarten Treffpunkt, an dem der Taxifahrer ankommen soll, alleine, ohne mich verabschiedet zu haben.

Ich sehe das Taxi kommen. Der Fahrer hält an. Er trägt eine schwarze Maske und eine Sonnenbrille. Somit kann ich seine Mimik und Gestik nicht erkennen.

Der Taxifahrer steigt aus und nickt mir zu, dann nimmt er mir meine Tasche ab und verstaut sie im Kofferraum. Etwas nervös werde ich nun doch.

Was, wenn David heute früher nach Hause kommt und gleich an uns vorbeifährt?

Ängstlich ziehe ich meine Schultern nach oben und schüttle den Gedanken ab und steige auf dem Rücksitz des Taxis ein.

Dankbar lasse ich mich in die Polster sinken. Der Fahrer startet den Wagen und lenkt ihn geschickt auf die Straße. Ich halte den Kopf starr nach vorne gerichtet. Ich will nicht zurückschauen. Auch wenn wir vor sieben Jahren, als wir gerade frisch geheiratet hatten und kurz danach in dieses Haus einzogen, glücklich gewesen waren.

Ich atme noch einmal tief ein und aus. Mein Herz fühlt sich schwer an, doch auch eine Spur Erleichterung macht sich in mir breit.

Der Fahrer kennt mein Ziel. Das Frauenhaus befindet sich in der Stadt, in der Nähe des Bahnhofes.

Mein Handy in der Tasche fängt nach gut fünf Minuten an zu vibrieren. Mit zitternden Händen ziehe ich es aus meiner Tasche. Meine Mutter ruft mich an. Ich schließe die Augen, schlucke schwer, möchte jetzt nicht mit ihr sprechen. Sobald ich in Sicherheit bin, werde ich mich bei ihr melden. Ich drücke sie weg, schalte mein Handy aus und lasse es in meine Handtasche sinken.

Meine Mutter weiß von meinem Plan und sorgt sich bestimmt. Ich werde ihr, sobald ich angekommen bin, eine Textnachricht schicken.

Es ist nicht das erste Mal, dass ich ihn verlasse. Nach der zweiten Fehlgeburt war ich zu meiner Mutter gefahren und hatte dort ein paar Nächte geschlafen. Auf Knien war er zu mir gekommen, hatte mich angefleht zurückzukommen und mir versprochen, mich nie wieder zu schlagen.

Ich hatte mich überreden lassen. Meine Mutter hatte versucht, mich davon abzuhalten und angeboten, die Polizei zu rufen. David hatte mir jedoch glaubhaft zugesichert, mich nie wieder zu schlagen und eine Therapie zu machen. Ich gab ihm noch eine Chance. Meine Mutter erwiderte nichts, meinem Vater war ihr gegenüber auch schon öfter die Hand ausgerutscht. Sie hatte sich immer gewünscht, mich davor zu bewahren. Meine Eltern waren 30 Jahre verheiratet und mein Vater nun pflegebedürftig. Meine Mutter hatte mal zu mir gemeint, das wäre Karma.

Der Taxifahrer hat das Radio angeschaltet und summt einen Popsong mit. Er hat schwarze Locken, die ihm bis auf die Schultern reichen, seine Augenbrauen sind buschig. Da er nicht mit mir spricht, vermute ich, dass er nicht in Deutschland geboren ist und nicht versteht, was ich sage.

Ich presse die Lippen zusammen, traue mich nicht, ein Gespräch mit ihm zu beginnen. Aber mir ist auch nicht nach Small Talk. Für einen Moment schließe ich die Augen. Der Motor brummt beruhigend in meinen Ohren und die innere Stimme von David, die ich fast durchgängig in meinen Gedanken höre, wird das erste Mal seit Ewigkeiten leiser.

Ich werde neu anfangen. Alles wird gut. Und wenn ich wieder stärker bin, werde ich in eine eigene Wohnung ziehen und wieder anfangen zu arbeiten.

Für einen Moment nicke ich ein. Die Stimme aus dem Navi weckt mich kurz darauf auf und teilt uns mit, dass wir in zehn Minuten unser Ziel erreicht haben und wir die nächste Straße links abbiegen sollen. Der Taxifahrer befolgt die Anweisung. Nervös rutschte ich auf meinem Sitz hin und her.

Was passiert hier auf einmal?

Ich kenne die Gegend nicht. Es sind verwinkelte Gassen, die Wege werden immer enger. Der Fahrer lenkt das Auto trotzdem weiter sicher durch die Straßen.

Mein Mund wird trocken, Nervosität steigt in mir auf. Ich balle meine Hände zu Fäusten. Ich fühle mich unsicher.

Der Fahrer lenkt das Taxi in einen Innenhof. Es ist ruhig hier. Dann macht er den Motor aus, zieht eine Perücke vom Kopf, den Mundschutz vom Mund und steigt aus.

Mit einer Hand öffnet er meine Tür, mit der anderen Hand zerrt er mich aus dem Wagen.

Ich starre ihn an und habe das Gefühl, mein Atem bleibt stehen. Davids Stirn liegt in Falten. Er schubst mich auf den Boden, legt sich auf mich. Alles passiert in Sekundenschnelle. Er drückt mich mit einer Hand runter, mit der anderen zieht er ein großes Messer aus der hinteren Hosentasche seiner Jeans.

Gezielt sticht er mir mehrmals in den Bauch und die Brust.

Es brennt.

Ich stöhne auf.

Erst besteht mein Körper nur aus Schmerz, dann spüre ich bald darauf nichts mehr.

Er hat mich reingelegt. Er hatte meinen Plan durchschaut. Es gab keinen Taxifahrer, der mich ins sichere Frauenhaus bringen würde, sondern nur meinen gewalttätigen Ehemann, der mich nun umbringt.

4. Das Baby

Die Geschichte von Lea und Nico

Lea:

Am Tag der Geburt

Ich habe Presswehen, doch mein Baby will nicht geboren werden. Mein Mann sitzt neben mir und hält meine Hand. Er schaut dabei gequält, da ich ziemlich fest zudrücke. Ich versuche, meine Schmerzen darüber zu kompensieren und ich zittere dadurch etwas weniger. Meine Kraft schwindet und Schweiß perlt auf meiner Stirn.

Der Arzt und die Schwestern schauen sich immer wieder an, ich sehe Besorgnis in ihren Blicken. Dann räuspert sich der Arzt: »Es tut mir leid, aber ihr Kind scheint Startschwierigkeiten zu haben. Wir müssen mit einem Kaiserschnitt nachhelfen. Sie liegen schon viel zu lange in den Wehen. Die Schwester macht sie fertig und dann bringen wir sie in den OP. Sie müssen keine Angst haben, ihrem Kind geht es gut. Wir geben nur ein wenig Unterstützung.«

Ich schaue sorgenvoll meinen Mann an, fühle wie mir der Schweiß den Nacken runter läuft und meine

Kraft weiter schwindet. Die Uhr im Kreißsaal zeigt kurz vor zwei Uhr mittags. Ich liege seit fast zwei Tagen in den Wehen. Wenn ich mal eine Wehenpause hatte, wurde mir etwas zu essen angeboten und Trinken stand für mich immer griffbereit. Das letzte Essen ist nun aber schon eine gefühlte Ewigkeit her.

Es ist Hochsommer und heute wurde wieder die 40 Grad Celsius Marke geknackt. Ich merke, wie mein Kreislauf absackt.

Mein Mann nickt mir zu. Er sieht auch erschöpft aus. Er war fast die gesamte Zeit an meiner Seite.

Plötzlich geht es ganz schnell. Die Schwester kommt auf mich zu, streichelt mir kurz über die Schulter, lächelt mir zu und legt mir geübt den venösen Zugang und erklärt mir den weiteren Ablauf. Mein Mann darf natürlich mit in den Kreißsaal.

Der Kaiserschnitt verläuft ohne Komplikationen.

»Ein kerngesunder Junge«, ruft der Chirurg mir laut zu und hält mir und meinem Mann den laut schreienden Säugling kurz entgegen. Mein Mann und ich atmen beide erleichtert auf und küssen uns dankbar. Dann nimmt der Kinderarzt das Baby mit zur weiteren Untersuchung.

Mein Mann streicht mir noch einmal die Wange, dann folgt er dem Arzt. Ich habe ein Lächeln im Gesicht und bekomme nur am Rande mit, wie mein Bauch zugenäht wird.

Eine halbe Stunde später

Vor ein paar Minuten bin ich auf mein Zimmer gebracht worden, die Betäubung lässt immer mehr nach und Schmerzen machen sich bemerkbar. Ich schließe die Augen und versuche, den Moment bis zur ersten Infusion hinauszuzögern.

So langsam müsste mein Mann mit Nico, so soll der Kleine heißen, doch hier auftauchen. Ich bin so neugierig auf unser Baby. Endlich kann ich ihn live sehen.

Doch die Zeit verstreicht, ohne das etwas passiert. Ich beginne an meinen Nägeln zu kauen.

Wo bleiben sie nur?

Ich schaue auf die Uhr im Zimmer. Nervös rutsche ich in den Laken hin und her. Meine Schmerzen werden nun stärker und ich drücke den Notrufknopf.

Kurz darauf erscheint eine Schwester. Sie lächelt mir sachte zu und fragt: »Alles in Ordnung bei Ihnen? Brauchen Sie etwas gegen die Schmerzen?«

Ich nicke.

»Ich bringe ihnen etwas«, meint die Schwester und verschwindet wieder aus dem Raum.

Ein paar Minuten später klopft es an meiner Zimmertür. Sie hat eine Infusion in der Hand. Sie befestigt diese geübt erst an der Halterung und dann an meinem Zugang am Handrücken.

Ich schließe für einen Moment die Augen, die Wirkung lässt nicht lange auf sich warten und erleichtert seufze ich auf. Dann hebe ich meinen Oberkörper leicht nach vorne von der Matratze. Die Schwester ist immer noch im Zimmer. Sie hat meine Akte in der Hand, überfliegt diese und nickt dabei.

»Es ist alles ohne Komplikationen gelaufen. Gut eine Woche, dann sind sie wieder auf den Beinen«, sagt sie und befestigt die Akte wieder an der Halterung am Ende meines Krankenbettes. Dann nickt sie mir aufmunternd zu und will das Zimmer wieder verlassen. Doch ich halte sie auf. Beklemmung steigt in mir hoch. Warum erwähnt sie mein Baby nicht?

»Wo ist mein Sohn? Und mein Mann? Stimmt etwas nicht«, hake ich nach.

Die Schwester hält in der Bewegung inne, die Tür des Raumes hat sie schon geöffnet. Es dauert ein paar Minuten, mir erscheint es wie eine Ewigkeit.

»Ihr Mann kommt bestimmt jede Minute zu Ihnen. Alles Weitere wird gleich der behandelte Kinderarzt mit ihnen besprechen«, sagt sie schließlich, doch sie hat dabei einen seltsamen Unterton.

Tränen treten mir in die Augen. Ich bekomme ein flaues Gefühl im Magen.

»Warum sagen Sie mir nicht, was los ist? Ich will endlich mein Baby sehen! Bitte!«, flehe ich die Schwester an. Ein Bach an Tränen läuft über mein Gesicht und ich werde von Schluchzern geschüttet. Die Schwester entschließt sich nun doch noch mal, zu mir zurückzukommen.

»Verstehe, ich schaue, was ich machen kann. Eigentlich müsste der Arzt ja wirklich inzwischen mit den Untersuchungen fertig sein«, ging sie auf meine Bitte ein.

Die Schwester hat rehbraune Augen, ihr blondes Haar trägt sie zu einem Pferdeschwanz zusammengebunden. Sie sieht noch sehr jung aus, hat bestimmt noch keine eigenen Kinder.

Ich nicke erleichtert und lasse mich erschöpft zurück in mein Kissen sinken. Meine Augen werden schwer und kaum hat die Schwester die Tür sanft hinter sich geschlossen, sinke ich in einen tiefen Schlaf.

Eine Stunde später

Ich fahre aus meinem Krankenhausbett hoch.

Es war nur ein Albtraum!, denke ich.

In meinem Traum war mein Baby tot, keiner hatte es mir gesagt.

Verwirrt schaue ich mich um und höre direkt die beruhigende Stimme meines Mannes.

»Hey, du bist ja wach. Das wird aber auch Zeit, es möchte dich jemand kennenlernen.«

Mein Mann lacht herzlich. Er hält unseren Säugling in eine Decke gewickelt im Arm.

Mein Sohn, endlich bist du bei mir!

Ein paar Freudentränen laufen mir über die Wange. Ich hebe meinen Oberkörper etwas vom Kissen ab und strecke die Arme nach meinem Kind aus.

»Schatz, warum weinst du denn? Es ist doch alles gut. Es kam ein Notfall dazwischen, deswegen musste der Kinderarzt die Untersuchung unterbrechen. Nico ist kerngesund. Wir wollten doch, dass er so heißt, richtig?«, fragt er und streicht mir dabei die Tränen von den Wangen.

Ich nicke, schaffe es nicht, etwas zu sagen.

Langsam gewinne ich wieder etwas an Kraft. Und die Natur macht sich bemerkbar, meine Brüste spannen kräftig und ziehen. Unser Sohn ist ruhig und ich fühle mich auch noch zu schwach zum Stillen, trotzdem bin ich dankbar, dass mein Körper direkt auf das Baby reagiert.

Vorsichtig legt mir nun mein Mann den Säugling in die Arme. Ich schließe die Augen und atme tief ein. Er riecht so gut. Er hat ein blaues Mützchen auf. Meine Augen öffnen sich wieder, und ich höre die Babygeräusche aus seinem Mund. Dann taste ich und stelle erleichtert fest, dass alle Zehen und Finger vorhanden sind. Ich streiche über seine kleine Nase und seufze erleichtert. Er ist perfekt.

»Der Arzt hat gesagt Nico und du werdet wohl Ende der Woche entlassen. Ich habe schon alles geregelt und werde dich die ersten zwei Monate zu Hause unterstützen, da du ja nicht schwer heben darfst«, meint mein Mann zu mir.

Ich bin so dankbar über seine ruhige Art. Egal, was war, er ist schon immer der Fels in der Brandung gewesen.

Fünf Monate später

Es ist vier Uhr morgens und ich wiege meinen Säugling in den Armen. Er brüllt aus Leibeskräften und sein Kopf ist schon ganz rot angelaufen vor Aufregung. Ich presse meine Lippen fest aufeinander und summe gefühlt das hundertste Schlaflied innerhalb der letzten halben Stunde.

Mein Mann ist noch für ein paar Stunden auf der Arbeit. Seitdem ich wieder zu Hause bin, hat er vom Tagdienst in den Nachtdienst gewechselt, um mich tagsüber mit Nico zu unterstützen.

Ich durfte irgendwann stillen, doch irgendwie wollte es nicht recht klappen. Nico schrie immer wieder und drehte sein Gesicht von meiner Brust weg. Er nahm ab und ich beschloss nach ein paar Tagen, es dann doch erst mal wieder mit der Flasche zu versuchen. Dann bekam er Koliken. Ein neuer Sauger auf dem Fläschchen sorgte für ein paar ruhige Nächte. Dann bekam Nico Fieberkrämpfe und er musste für einige Zeit stationär im Krankenhaus aufgenommen werden, um das Problem wieder in den Griff zu bekommen. Seitdem habe ich Angst, dass es wieder passieren könnte - auch wenn wir ein Notfallmedikament und Anweisungen von dem Arzt bekommen haben, wie wir reagieren sollen, wenn es noch mal eintritt.

Mein Sohn ist die letzten Nächte mehrmals wach geworden. Irgendetwas quält ihn, aber ich weiß nicht was. Obwohl ich seine Mutter bin, kann ich ihm nicht helfen und das lässt mich verzweifeln. Sein gellendes Schreien in meinen Ohren treibt mich in den Wahnsinn.

Ich habe das Gefühl, je weniger Pausen dazwischen sind, desto unangenehmer wird es. Ich weiß, dass er nichts dafür kann. Außerdem müsste ich ja nach ein paar Monaten so langsam wissen, welches Schreien was bedeutet, aber ich kann es immer noch nicht einordnen.

Die Nächte sind kurz und zerren immer häufiger an meinem Nervenkostüm. Auch habe ich das Gefühl, dass Nico sich von meinem Mann viel besser und schneller beruhigen lässt.

Nico wird bald ein halbes Jahr alt, doch ich sehe nichts von mir oder meinem Mann in ihm. Es gibt keinerlei Ähnlichkeit.

Und wenn er im Krankenhaus vertauscht wurde? Das kommt doch immer mal wieder vor. Es hatte ja auch so lange gedauert, bis er bei mir war. Auch wenn mein Mann meinte, er wäre, außer als er mal zur Toilette musste, fast ununterbrochen bei ihm gewesen.

Ich sprach meine Gedanken beim Kinderarzt letztens an, doch der meinte, er wäre noch so klein, da wäre es normal, dass man noch keine Ähnlichkeit erkannte. Doch das würde sich bald zeigen. Trotzdem bin ich seit ein paar Tagen sehr unruhig. Ich habe alte Babyfotos von mir und meinem Mann verglichen. Auch da erkenne ich keinerlei Gleichheiten zu unserem Sohn.

Mein Baby schreit in diesem Moment besonders laut und reißt mich aus meinen Gedanken. Ich versuche es noch mal mit dem Schnuller, den Nico die letzten Minuten immer wieder ausgespuckt hat, doch diesmal nimmt er ihn an. Erleichtert atme ich auf. Das macht er nur, wenn er mit seinen Kräften am Ende ist. Ich bin dankbar, aber gleichzeitig wird mein Herz auch schwer.

Nach ein paar Mal Nuckeln schließt er seine Augen und seine Arme sinken seitlich nach unten. Ich stehe über seinem Bett, beuge mich vor und lasse ihn langsam auf die Matratze gleiten. Er seufzt noch einmal, wacht aber nicht auf. Ich atme tief ein und aus und betrachte das Baby beim Schlafen.

Soll ich wirklich der Wahrheit auf den Grund gehen? Und was, wenn meine Vermutung sich wirklich bewahrheitet? Was passiert dann?, beschäftige ich mich wieder mit der Frage, ob Nico wirklich mein Sohn ist.

Mir laufen Tränen übers Gesicht. Ich kann das Gefühl nicht beschreiben und ich weiß auch nicht, mit wem ich darüber reden soll.

Keiner wird mir glauben.

In drei Stunden kommt mein Mann nach Hause. Er liebt Nico über alles, macht Späße mit ihm, strahlt übers ganze Gesicht, auch wenn er von der Arbeit müde ist. Wenn er gleich heimkommt, wird er mich begrüßen und dann zu Nico gehen und schauen, ob bei ihm alles in Ordnung ist. Wenn er wach ist, wird er mit ihm herumalbern und wenn er schläft, wird er ihm eine Weile beim Schlafen zu sehen. Danach werden wir gemeinsam frühstücken und dann erst wird er sich hinlegen und schlafen. Er sagt, seine Familie sei alles für ihn und er sei so unendlich dankbar, dass er uns hat.

Ich seufze auf. Dann beschließe ich, mich ebenfalls hinzulegen. Jede Minute Schlaf ist Goldwert, das habe ich gelernt, seitdem ich Mutter bin.

Zwei Stunden später

Ich werde von der Türklingel geweckt. Erst denke ich, das Läuten sei in meinem Traum. Doch ich bin wach. Mein Mann, der inzwischen von der Arbeit heimgekommen ist, liegt neben mir. Er hat Ohropax in den Ohren und schläft tief und fest. Bevor ich nach unten gehe, werfe ich einen Blick ins Kinderzimmer. Nico liegt mit dem Rücken zu mir in seinem Kinderbett und scheint zu schlafen.

Ich öffne die Tür. Es ist der Postbote. Er bringt ein Paket. Es ist Spezialnahrung für Nico. Er verträgt nur dieses eine Produkt, das haben wir vor ein paar Wochen festgestellt. Ich danke und schließe die Tür, das Päckchen lege ich auf der Sitzbank im Flur ab. Gerade als ich mich auf den Weg in die Küche machen will, um mir einen Kaffee zu holen, höre ich meinen Mann von oben meinen Namen brüllen.

Erschrocken zucke ich zusammen, drehe schnurstracks um und sprinte die Treppe ins Obergeschoß nach oben.

»Er kann nicht atmen! Ruf den Rettungswagen, schnell!«, schreit mir mein Mann zu.

Oh mein Gott, mein Kind! Aber eben war doch noch alles gut. Was ist passiert? Habe ich etwas übersehen?

Ich bin nun am Gitterbett, Nicos Lippen sind dunkelblau und sein Gesicht ist knallrot angelaufen. Er gibt gurgelnde Geräusche von sich, zieht nach Luft. Seine kleinen blauen Augen sind dabei weit aufgerissen.

Er hat meine Augen! Und die Nase meines Mannes. Wie konnte ich nur daran zweifeln, dass er unser Kind ist?, schießt es mir plötzlich durch den Kopf.

Hilflos steht mein Mann neben mir.

»Was sollen wir bloß tun?«, flüstert er mir nun zu. Tränen laufen über seine Wangen. Nun ist er nicht mehr der Fels in der Brandung.

Ich drehe eilig um. Mein Handy liegt auf meinem Nachtisch.

Ich will nicht, dass er stirbt! Er ist doch unser ein und alles! Mein Baby, mein Sohn, bleib bei uns, ich hole Hilfe. Halte nur noch etwas durch, bitte.

Mit zitternden Fingern tippe ich die Notrufnummer ein. Ich schaffe es gerade so, dem Mann an der anderen Leitung alle wichtigen Daten mitzuteilen. Dann eile ich zurück ins Kinderzimmer. Verzweifelt lasse ich mich neben meinem laut weinenden Mann sinken und falle in sein Klagen mit ein.

Kurz bevor der Rettungswagen eintrifft, hört Nico auf zu atmen.

Wir halten einander fest, als er eine Weile später in einem kleinen Sarg in den Leichenwagen geschoben wird. Er wird unser einziges Kind bleiben.

5. Der Entschluss

Die Geschichte von Martina und ihrer Mutter

Martina:

Ich höre ihre Stimme durch den Flur bis zu mir in die Küche keifen. Ihre Wohnung, in die sie nach Papas Tod vor ein paar Jahren zog, besteht aus zwei Zimmern, Küche, Diele und Bad. Für eine ältere alleinstehende Frau ausreichend, so fanden mein Bruder und ich, als wir diese für sie ausgesucht hatten. Unsere Mutter sah das anders, aber es war die siebte Wohnung, an der sie was auszusetzen hatte und wir waren mit unseren Kräften am Ende.

Damals hatte sich noch ein Pflegeservice um sie gekümmert. Doch mit der Zeit hatte sie alle Mitarbeiter von dort vergrault.

Die Stimme meiner Mutter wird nun fordernder: »Martina, wo bleibst du denn? Es kann doch nicht so lange dauern, ein Wurstbrot zu machen und Kaffee zu kochen. Mir wäre auch lieber gewesen, dein Bruder hätte sich um mich gekümmert. Aber er hat genug zu tun mit seinen Blagen und der geldgierigen Ehefrau. Nicht zu vergessen, dass er letztens in die Chefetage aufgestiegen ist.«

Natürlich hat er das. Ich bin letzte Woche vierzig ge-
worden. Mein Partner hat mich vor drei Tagen verlassen.
Ich wollte Kinder, er schaffte es nicht, mir zu sagen, dass es
ihm nicht so erging. Erst einen Tag nach meinem Geburts-
tag gestand er es mir. Schon vor Jahren meinte meine beste
Freundin, er würde mich hinhalten. Das spielt nun aber
auch keine Rolle mehr für mich. Ich fühle mich zu alt, um
noch mal von vorne mit einem anderen Mann zu beginnen
und habe nun beschlossen, lieber allein zu bleiben, das ist
auch stressfreier.

Seit einer Weile gibt es nur noch wenig Abwechslung in
meinem Leben. Mutters Pflege ist sehr kräftezehrend. Für
ein eigenes Leben, obwohl ich ein paar Straßen weiter woh-
ne, bleibt da nicht viel Zeit. Der Vorteil, wenn man nicht
viel da ist, muss man auch nicht viel putzen.

Meine Hände zittern, als ich den heißen Kaffee in eine
Porzellantasse mit Goldrand einschütte. Sie gehörte
einst meiner Urgroßmutter.

»Nun beeil dich, ich hab nicht den ganzen Tag Zeit«,
setzt meine Mutter mich wieder unter Druck.

Ich runzle die Stirn. *Ist das ihr Ernst?*, denke ich und
lache verächtlich auf.

»Hast du was gesagt? Martina, alles in Ordnung,
bist du etwa wieder aus den Latschen gekippt? Kein
Wunder, du isst ja kaum noch was, siehst ja aus wie
ein Gerippe, kein Wunder, dass Ralf dich verlassen
hat.«

Wütend knalle ich die Kühlschranktür zu. So langsam wird es mir doch zu bunt. Seit zwei Jahren komme ich nun jeden Tag zu ihr und bereite ihr

Mahlzeiten zu, helfe ihr beim Waschen und erledige einen Teil der Hausarbeit. Den Rest macht eine Putzfrau, die mag sie zwar auch nicht, aber es ist eine Frau aus dem Iran, die kaum Deutsch spricht und auch nicht viel versteht. Sie nickt uns oft nur lächelnd zu und erledigt ordentlich ihre Aufgaben. Die Krankenkasse hat sie uns vermittelt.

Warum ich meine Mutter pflege? Das ist eine gute Frage. Eigentlich ist sie fit, aber sie hatte vor einem halben Jahr einen linksseitigen Beckenbruch zugezogen, als sie von der Treppe der oberen Etage nach unten gehen wollte. Laut der Ärzte ist dieser schon seit Ewigkeiten verheilt, aber sie weigert sich, zu laufen, meint, sie hätte dabei weiterhin höllische Schmerzen. Ihr Hausarzt weigert sich aber zum Glück, ihr Schmerztabletten dagegen zu verschreiben und ich werde mich hüten ihr welche aus der Apotheke zu besorgen, auch wenn sie mich dafür immer wieder ausschimpft. Ich weiß, dass sie die Schmerzen nur vorspielt.

»Als Mädchen warst du auch oft nicht die Schnellste gewesen«, höre ich meine Mutter wieder nörgeln. Keine Ahnung, ob sie mich dabei direkt anspricht oder einfach nur in Erinnerungen schwelgt. Das weiß ich nicht immer genau.

»Der Lehrer hat mich nach den ersten Wochen gefragt, ob du entwicklungsverzögert seiest und ich dich nicht lieber auf eine Schule für Lernbehinderte schicken wolle. Behindert – dass ich nicht lache, du warst einfach nur stinkendfaul gewesen. Das hast du von deinem Vater. Gott hab ihn selig, hätte er mehr gearbeitet und sich nicht ins Grab gesoffen, dann wäre er noch am Leben und wir würden noch in unserem schönen Häuschen am Stadtrand wohnen.«

Ich schließe die Augen und balle meine Hände zu Fäusten. Die Wut in mir wird immer stärker. Mein Vater war ein herzensguter Mensch. Ja, er hat öfter mal einen über den Durst getrunken, aber anders hätte er es wohl nicht mit meiner Mutter ausgehalten.

Und mein Bruder? Er hat immer alle Erwartungen und Wünsche meiner Mutter erfüllt. Seine Frau ist seltsamerweise das junge Ebenbild meiner Mutter. Vielleicht kommt er deswegen so selten mal vorbei und packt mit an, er wird zu Hause genug ertragen müssen. In einem Punkt hat meine Mutter recht, die Kinder meines Bruders sind wirklich Blagen und einfach nur rotzfrech.

Ich öffne die Augen wieder, meine Stirn fängt an zu pochen und ich spüre eine Migräne Attacke aufsteigen.

Tief ein und ausatmend spreche ich mir innerlich ein Mantra und stapel auf ein Tablett einen Teller mit einem belegten Brot, die Tasse mit dem Kaffee und eine Schlüssel mit Trauben.

»Na endlich«, empfängt sie mich kurz darauf trocken.

Ich versuche es zu ignorieren und stelle das Tablett zunächst auf einem Beistelltisch neben ihrem Bett ab. Im Augenwinkel sehe ich ihren finsteren Blick und ihre herabhängenden Mundwinkel. Ich kann mich nicht daran erinnern, meine Mutter je entspannt und glücklich erlebt zu haben. Schon als ich noch ein Kind war, hatte sie immer etwas zu meckern und machte damit sich und ihrer Umwelt täglich das Leben schwer.

»Guten Morgen Mutter, hast du gut geschlafen?«, sage ich und versuche ihren Kommentar dadurch zu übergehen.

»Gut geschlafen?«, muffelt meine Mutter nur und stöhnt auf: »Ich habe wieder kaum ein Auge zu getan. Ich hab dich mehrmals gerufen, damit du mir die Decke aufschüttelst, aber du scheinst ja einen Schlaf zu haben wie ein Bär. Um vier bin ich dann doch noch mal weggenickt.«

Ich atme tief ein und aus.

Wie so oft frage ich mich, warum ich das eigentlich schon so lange mitmache? Jeder andere hätte sie schon längst in ein Heim gegeben. Sogar mein Bruder hat es mir zum wiederholten Male bei einem unserer seltenen Telefonate vorgeschlagen. Das letzte Mal an meinem Geburtstag. Ich muss ehrlich zugeben, gestern habe ich wirklich mir mal eine Seniorenresidenz im Internet angeschaut. Den Mut, dort anzurufen hatte ich aber dann doch nicht. Was halten die Menschen von einem, wenn man seine Mutter in ein Heim abschiebt?

»Nun gib mir mein Frühstück, wir haben schon fast sieben, so spät esse ich sonst nie.«

Stimmt, ich muss ja um halb acht los zur Arbeit. Mittags macht sie sich ein Müsli, ich stelle ihr immer alles griffbereit hin und nach Feierabend koche ich ihr täglich etwas und mache sie danach bettfertig.

Wortlos stelle ich ihr das Tablett hin. Das Brot habe ich ihr wie gewünscht in kleine Happen geschnitten.

Wie einem Kleinkind, aber das darf ich bloß nicht ihr gegenüber erwähnen.

Plötzlich schreit sie auf und spuckt den Kaffee, den sie grad angesetzt hat in hohem Bogen über ihre Bettdecke. Es gibt direkt dunkle Flecken auf der weißen Garnitur.

»Willst du mich verbrühen? Der Kaffee ist ja viel zu heiß! Nicht mal das bekommst du hin. Vielleicht wird es doch Zeit, in ein Heim zu gehen, da wissen die Leute wenigstens, was sie tun, das hat mir Luise erzählt. Sie ist seit einem Jahr in einem. Da spielen die Bewohner abends Karten und einmal die Woche Bingo. Und getanzt wird auch. Ich habe früher so gerne mit deinem Vater getanzt ...« Auf einmal legt sie ihr Gesicht in die Hände und fängt bitterlich an zu weinen.

»Du! Getanzt? In welchem Leben war das denn?«, rutscht es mir auf einmal über die Lippen. Erschrocken über mich selbst halte ich mir direkt danach die Hand vor den Mund.

»Wie bitte? Willst du dich etwa über mich lustig machen? Mir scheint, als würdest du so langsam den Respekt vor mir verlieren junge Dame«, keift sie mit einem Mal wieder. Die Tränen sind schnell versiegt.

Ich lasse die Hand sinken und lache auf. Meine Wut verwandelt sich mit einem Mal in Stärke. Irgendwas hat sich in mir verändert.

»Junge Dame? Mutter, ich bin vierzig und schon längst erwachsen. Ja, ich verliere den Respekt vor dir. Aber das ist ja auch kein Wunder. Seit Jahren verhältst du dich immer mehr wie ein Kleinkind. Aber damit ist jetzt Schluss!« Noch während ich die Worte ausspreche, nehme ich ihr das Tablett weg, drehe mich um und werfe es mit voller Kraft an die entgegengesetzte Wand.

Meine Mutter schreit auf, aber diesmal voller Angst und hält schützend ihre Hände über ihrem Kopf und verkriecht sich halb unter ihrer Bettdecke.

»Martina…«, wispert sie mit dünner Stimme.

Ich lache auf und sage mit lauter Stimme: »Ab morgen kannst du dir dein Frühstück selbst machen. Ich stehe dir dafür nicht mehr zu Diensten.«

Ich strecke meinen Rücken durch und verlasse hoch erhobenen Hauptes das Zimmer.

Ha! Der habe ich es aber jetzt gezeigt.

Kurz lausche ich, doch es kommen keine Widerworte von meiner Mutter. Dann gehe ich zufrieden ins Wohnzimmer und ziehe mein Handy aus der Tasche und schreibe meinem Chef eine Textnachricht, dass ich mir wohl den Magen verdorben habe und deswegen nicht kommen kann. Es dauert keine fünf Minuten, dann erhalte ich eine Antwort mit einer Bestätigung und guten Genesungswünschen. Zufrieden gehe ich auf den Stoffsessel zu, lasse mich darauf sinken und schalte den Fernseher an. Es läuft Sissi. Sie Rolle der lieblichen Kaiserin spielt Romy Schneider. In einer Biografie habe ich mal gelesen, dass sie das genaue Gegenteil gewesen war. Aber das ist jetzt nicht so wichtig.

Der Film hat gerade erst begonnen und ich kuschle mich zufrieden noch tiefer in den Sessel. Nur noch einmal kurz lausche ich Richtung Schlafzimmer, doch von meiner Mutter höre ich nichts mehr.

Sehr gut, ich musste wohl einfach mal auf den Tisch hauen und eine deutliche Ansage machen.

Irgendwann werden meine Augen schwer und ich döse ein.

Ich werde von einer Quizsendung geweckt. Ich gähne ein paar Mal herzhaft, strecke mich und schalte den Fernseher aus. Dann mache ich mich auf den Weg zum Bad. Es befindet sich direkt neben dem Schlafzimmer meiner Mutter. Ich lausche kurz, doch von meiner Mutter höre ich weiterhin nichts. Zufrieden mache ich mich frisch und benutze etwas von ihrem teuersten Parfüm und kichere dabei wie ein Schulkind.

Mit geradem Rücken gehe ich danach zu meiner Mutter. Die Tür stand die ganze Zeit offen.

»Na, hat es dir das erste Mal in deinem Leben die Sprache verschlagen? Oder …«

Ich halte im Satz inne, erstarre in meiner Bewegung und bleibe im Türrahmen stehen.

Irgendetwas stimmt nicht.

Meine Mutter hat fast die gleiche Position, in der ich sie verlassen hatte. Nur ihre Hände sind nicht mehr schützend auf ihrem Kopf, sondern eine liegt auf ihrer linken Brustseite und die andere auf der Decke. Ihr Kopf ist leicht zur Seite gekippt. Erst überlege ich, doch dann gehe ich langsam auf sie zu.

»Mutter?«, frage ich laut.

Zögerlich nähere ich mich ihr weiter. Nun kann ich erkennen, dass ihre Augen eingefallen sind, ihre Haut wirkt aschfahl. Ich setze mich auf die Bettkante und berühre vorsichtig ihre Hand und stelle fest, dass ihre Haut ist kalt. Ihr Herz hat in dem Moment aufgehört zu schlagen, als ich den Raum verlassen habe, so vermute ich.

Ich lache auf, halte mir die Hand kurz vor dem Mund, ziehe sie dann wieder weg.

Endlich ist sie für immer ruhig.

Für ein paar Minuten bleibe ich vor ihr sitzen und genieße ihren Anblick. Dann stehe ich auf und gehe ins Wohnzimmer zurück. Ich habe mein Handy auf dem kleinen Tischchen vor dem Sessel abgelegt. Ich rufe meinen Bruder an, um ihn zu informieren: »Hallo Hans, hier ist Martina. Ich habe dir eine schreckliche Mitteilung zu machen, Mutter ist tot. Ich habe sie gerade gefunden, sie hat wohl einen Herzinfarkt gehabt.«

Mir laufen dabei Tränen über die Wangen, doch ich merke, wie eine schwere Last von meiner Brust abfällt. Es sind Freudentränen.

Mit der Hand wische ich die Tränen fort und schniefe ein paar Mal.

Mein Bruder antwortet mir: »Das wird aber auch Zeit. Nun sind wir endlich frei.«

Ich schließe die Augen und flüstere ein Dankgebet in Richtung Himmel.

6. Sonnenuntergang

Die Geschichte von Hartmut und Birgit

Hartmut:

Am Morgen

Es ist Samstag und ich habe frische Brötchen geholt und komme gerade wieder zur Haustür herein.

Aus der Küche weht mir der leckere Duft von frisch gebratenem Frühstücksspeck und Rührei entgegen. Ich höre meine Frau mit dem Geschirr klappern. Zufrieden atme ich den köstlichen Duft ein und streife dabei meine Schuhe mit den Füßen im Flur ab.

Mein weiterer Weg geht durchs Wohnzimmer und durch die geöffnete Terrassentür. Obwohl es fast Oktober ist, haben wir noch sehr sommerliche Temperaturen.

Draußen ist der Tisch bereits gedeckt und auch schon die Kanne mit Kaffee steht darauf.

Sie denkt wirklich an alles. Ach, meine Birgit, meine Sonne, wie ich sie gerne und oft nenne, weil sie fast ununterbrochen strahlt, immer ein positiver und fröhlicher Mensch ist, einfach ist die beste Frau, die es gibt. Ich liebe sie wie am ersten Tag.

Das Schicksal hat uns keine Kinder gegönnt. Wir hätten gerne Nachwuchs gehabt, doch es ging nicht. Nach einer Trauerzeit, die wir gebraucht haben, um uns damit abzufinden, dass wir kinderlos bleiben werden, sind wir aber viel gereist.

Ich atme zufrieden ein und aus und lasse mich aufs Polster von einem der Terrassenstühle sinken.

Wir haben es so gut hier. Eine ruhige Wohngegend und seit gut einem Jahr sind wir beide in Rente und können gemeinsam die Ruhe genießen.

Ich schließe für einen Moment die Augen und lausche dem Vogelgezwitscher. Dann höre ich die Stimme meiner Frau neben mir.

»Hast du großen Hunger? Ich habe mal wieder viel zu viel gemacht«, sagt sie und lacht leise.

Ich öffne die Augen und drehe mich halb zu ihr um.

Schnell stehe ich auf und helfe ihr das schwere Tablett ab zunehmen.

»Hm, du hast dich mal wieder selbst übertroffen«, sage ich, als ich die gigantische Portion sehe. »Klar schaffe ich das.« Ich grinse und reibe mir zufrieden über meinen Wohlstandsbauch.

Birgit färbt ihre Haare seit einiger Zeit nicht mehr. Ich finde das aber nicht weiter schlimm. Sie trägt trotz der warmen Temperaturen eine Strickjacke über ihrem blumigen Sommerkleid, aber das tut ihrer natürlichen Schönheit keinen Abbruch. Sachte lächelt sie und lässt sich auf den Stuhl neben mir sinken, dann senkt sie für einen Moment den Blick.

»Alles in Ordnung bei dir?«, frage ich besorgt und streiche ihr mit einer Hand über die Wange.

Sie hebt den Kopf und schaut mich mit müden Augen an und nickt. Ihr Blick wirkt unsicher. Sie zögert kurz, doch dann sagt sie: »Ich habe heute Nacht unruhig geschlafen. Es ist bestimmt wieder Vollmond.«

Ihre Stimme zittert ein klein wenig. Irgendwie erscheint sie mir anders als sonst, doch ich kann es nicht einordnen.

»Bist du dir sicher?«, hake ich noch mal nach.

Sie ist blass und ihr Gesicht wirkt etwas schmaler als sonst, aber vielleicht bilde ich mir das auch nur ein.

Birgit streicht sich den halblangen Bob glatt und räuspert sich, dann setzt ein Lächeln auf. »Aber ja, vielleicht brüte ich ja auch einfach was aus. Bei diesem Wetterwechsel wäre das ja kein Wunder, wenn ich krank werde. Lass uns Essen, der Speck und das Rührei schmecken warm am besten«, lenkt sie ab und greift nach einem Brötchen.

Ich schaue sie noch für einem Moment von der Seite an.

Ich kenne sie schon seit über dreißig Jahren und fast so lange sind wir auch verheiratet. Eigentlich merke ich, wenn sie mir was verheimlicht, aber gerade bin ich mir nicht ganz sicher.

Birgit beginnt ein Brötchen aufzuschneiden und beschmiert es anschließend mit Butter. Dann nimmt sie ihre Gabel und beginnt mit einer Hand das Brötchen zu halten und mit der anderen vom Rührei und Speck zu essen.

Nachdenklich betrachte ich sie von der Seite. Mein Magen hat eben noch laut geknurrt, doch die Sorge um meine Frau überschattet nun das Hungergefühl.

»Birgit«, setze ich noch mal an.

Sie schmatzt laut und dreht den Kopf halb zu mir um.

»Lüge mich nicht an, ich merke doch, dass etwas mit dir nicht stimmt.«

Birgit kaut den Bissen in ihrem Mund, dann lässt sie das Besteck und das Brötchen sinken und schließt für einen Moment die Augen. Sie atmet tief ein und doppelt so lange aus. Ich merke, dass das, was sie belastet, etwas Schlimmes sein muss, denn im gleichen Moment laufen ganz viele Tränen über ihre Wangen und ihre Unterlippe fängt an zu zittern.

Sie will etwas sagen, öffnet den Mund, doch die Worte kommen nicht heraus. Dann schlägt sie die Hände vors Gesicht. So schrecklich geweint hat sie das letzte Mal vor ein paar Jahren, als ihre Eltern kurz nacheinander gestorben waren. Ich will sie in den Arm nehmen, doch sie schiebt mich mit einer Hand weg. Hilflos sitze ich neben meiner Frau und muss abwarten, bis sie sich von alleine wieder beruhigt hat.

Es dauert einige Minuten. Ich schlucke schwer.

Birgits Tränen sind versiegt, aber nun liegt starker Trauer in ihrem Blick.

Sie schaut mich von unten an, dann legt sie ihren Kopf auf meine Schulter und flüstert: »Hartmut, ich bin krank. Sehr krank. Ich dachte, ich hätte eine Grippe verschleppt und bin vor ein paar Wochen zum Arzt und der hat mir Blut abgenommen. Die Werte waren auffällig und er hat mich daraufhin umgehend zu einem Spezialisten überwiesen. Zum Glück hat er gute Kontakte und ich musste somit nicht lange auf einen Termin warten. In der anderen Praxis wurden weitere Untersuchungen gemacht und Gewebeproben entnommen. Der Facharzt hat mich eben angerufen, als du Brötchen holen gewesen bist. Meine Heilungschancen sehen nicht gut aus. Er gibt mir noch ein halbes Jahr …« Birgit fängt wieder an zu weinen.

Meine Sonne … denke ich und auch mir treten Tränen in die Augen. Ich drehe mich zu ihr um und nehme sie fest in den Arm. Ich habe das Gefühl, die Zeit bleibt stehen und auch das Singen der Vögel höre ich nicht mehr. Der Garten um uns herum verschwimmt vor meinen Augen.

»Ich will dich nicht allein lassen«, stößt Birgit zwischen ein paar Schluchzern hervor.

Nun fange auch ich an zu schluchzen: »Ich will nicht, dass du stirbst, meine Sonne, wer soll dann für mich strahlen?«

Plötzlich hören wir direkt neben uns poltern und klirren. Erschrocken zucken wir zusammen, lassen einander los. Die Nachbarskatze wollte sich an unserem Frühstück bedienen. Ein Teil des Geschirrs ist zu Boden gefallen und zu Bruch gegangen. Rührei und Speck und ein Teil der Brötchen liegen verstreut auf dem Boden. Die grau-getigerte Katze von nebenan sehen wir noch mit einem Stück Speck im Maul über die Hecke zu ihrem zu Hause sprinten.

Birgit lacht auf. Ich drehe mich zu ihr um. Ein paar Tränen glitzern immer noch in ihren Augen, doch mit einem kleinen Lächeln um die Mundwinkel. Ich seufze und muss ebenfalls ein klein wenig grinsen.

»Lass uns erst mal aufräumen und dann erzählst du mir noch mal in Ruhe, was der Arzt und der Facharzt gesagt haben.«

Ungefähr eine Viertelstunde später haben wir das Chaos beseitigt. Wir stehen in der Küche, ich spüle das heile Geschirr und Birgit trocknet es ab und räumt es in den Schrank ein. Während der Tätigkeit erzählt sie mir von den Befunden.

»… erst sagte der Hausarzt, ›da sei etwas auffällig‹. Dann ›da stimmt was ganz und gar nicht‹. Und meine Lymphknoten am Hals waren auch alle geschwollen. Ich dachte, das käme von der verschleppten Grippe. Der Facharzt untersuchte daraufhin die Schilddrüse und nahm Biopsien. Und vorhin sagte er mir am Telefon, dass ich Schilddrüsenkrebs hätte und dass dieser inoperabel sei. Ich habe ihn dann gebeten, mir zu sagen, wie lange ich in etwa noch zu leben habe. Er meinte, das könnte er nicht ganz genau sagen. Etwas zwischen drei und sechs Monaten wären es wohl. Es gäbe wenige Fälle, die hätten zwei Jahre geschafft, diese Leute wären aber während ihrer letzten Monate sehr pflegebedürftig gewesen.«

Birgits Stimme zittert, aber sie schafft es, mir alles zu berichten.

Wie tapfer sie doch ist, meine Sonne.

Meine Frau schließt den Schrank. Auch ich bin fertig. Wir stehen in der Küche voreinander und nehmen uns an den Händen.

»Und wenn wir noch eine zweite Meinung einholen?«, frage ich sie mit Hoffnung in der Stimme.

Birgit schüttelt den Kopf.

»Ich glaube den Ärzten. Wenn ich Glück habe, werde ich noch ein paar gute Monate mit dir haben.«

Ich atme verzweifelt tief durch die Nase ein und drücke dabei ganz fest ihre Hände.

Wie soll das gehen, ein Leben ohne meine Frau? Nie mehr ohne sie schlafen gehen, aufwachen, essen, gemütlich einen Film anschauen oder verreisen. Ich habe nie einen Menschen so sehr geliebt wie sie.

Meine Frau lässt meine rechte Hand los und zieht mich an der linken Hand sachte ins Wohnzimmer. Ich lasse es zu.

»Lass uns hinsetzen. Ich muss noch etwas mit dir besprechen.«

Noch was? Kann es noch schlimmer werden?

Wir lassen uns nebeneinander auf der Couch nieder. Birgit dreht mich so, dass wir uns direkt ansehen können, dann beginnt sie mit einer Hand über meine Wange zu streicheln.

»Hartmut, du liebst mich, oder?«

»Aber natürlich Birgit, das weißt du doch«, antworte ich ihr irritiert.

Sie nickt.

»Ich kannte die Antwort schon, wollte mich aber noch mal vergewissern. Wie du weißt, sind meine Eltern beide an Krebs gestorben. Meine Mutter an derselben Krebsart, wie ich jetzt habe. Sie war am Ende nur noch ein Schatten ihrer selbst, ihr Körper vollgepumpt mit Morphium. Sie hatte noch Behandlungen bekommen, obwohl es von Anfang an aussichtslos war. Ich möchte das nicht. Keine Bestrahlung, keine Chemo …« Ihre Stimme wird immer leiser und ich merke, dass es ihr nicht leichtfällt, über all das zu reden. Aufkommende Tränen schluckt sie diesmal tapfer runter.

Ich schließe für einen Moment die Augen, dann öffne ich sie wieder und beginne nun ihr Haar und ihre Wangen zu streicheln, dann gleiten meine Finger über ihre Arme.

Nun sehe ich auch, dass sie krank ist. Der Arzt hat recht, lange wird es wohl wirklich nicht mehr dauern.

»Ich möchte nicht, dass du leidest. Du musst nichts tun, was du nicht willst.«

Birgit nickt, lächelt mir sachte zu.

»Und ich möchte bestimmen, wann und wo ich sterbe. Hilfst du mir dabei?«

7. An einem Nachmittag

Die Geschichte von Zoe und Sina

Zoe:

Heute auf den Tag ist es genau ein Jahr her, dass sie starb. Meine kleine Schwester Sina durfte nicht älter als fünf Jahre alt werden. Ich vermisse sie. Ihr Tod hat mich schwer getroffen. Jeden Tag leide ich mehr. Die Probleme und der Kummer wachsen mir über den Kopf. Ich kann nicht mehr. Deshalb beschließe ich, dass heute ein guter Tag für mich ist, um ebenfalls zu sterben. Ich bin sechzehn Jahre alt.

Ich befinde mich in meinem Zimmer und im Hintergrund läuft Gothic-Musik. Meine Zimmertür ist abgeschlossen. Ich höre meine Mutter, die gegen das Holz hämmert und mit lautem Schreien versucht, zu mir vorzudringen. Ihre genauen Worte verstehe ich nicht, aber ich kann heraushören, dass sie sehr verzweifelt ist.

Ich sitze auf meinem Bett. Die Laken sind zerwühlt. Heute Nacht habe ich kaum ein Auge zugemacht.

Selbst schuld, denke ich. In der rechten Hand halte ich die Klinge meines Rasierers, sie schwebt kurz vor meinem linken Handgelenk. Ich schließe die Augen, spüre, wie mein ganzer Körper zittert.

Aber einen anderen Ausweg gibt es nicht.

Übelkeit steigt in mir auf, ich vermisse meine Schwester so sehr. Ihr Lachen, ihre blonden Locken und ihre strahlend blauen Kinderaugen.

Hätte ich doch besser auf sie aufgepasst.

Ich atme noch einmal tief ein und aus. Dann öffne ich die Augen wieder und lasse entschlossen die Klinge durch meine Haut gleiten. Sie schneidet wie Butter.

Für einen kurzen Moment nehme ich ein Brennen wahr, doch ich habe zuvor viel Alkohol getrunken, somit dringt der Schmerz nicht ganz so stark zu mir durch.

Blut quillt aus der Wunde hervor und tropft zwischen meinen Beinen zu Boden. Ich lasse es geschehen und eine Art Erleichterung macht sich in mir breit.

Ich übergebe die Klinge in die andere Hand und beginne mir nun auch dort die Pulsadern aufzuschneiden.

Nachdem ich fertig bin, seufze ich und lege beide nun stark blutenden Handgelenke auf meinen Knien ab. Die Schnitte zeigen nach oben. Ich habe ein helles Sommerkleid an. Vor über einem Jahr habe ich es noch sehr oft getragen. Bis zum Tod meiner Schwester. Ab dann begann ich meine Garderobe komplett auf schwarze Kleidung umzustellen. Sina hat das Kleid an mir geliebt, heute habe ich es ihr zu Ehren ein letztes Mal an.

Das Blut verläuft im Baumwollstoff und färbt die gelben Blüten rot. Ein paar Mal atme ich tief ein und aus und spüre, wie immer mehr Blut aus meinem Körper herausfließt.

Auf einmal rumst es laut, jemand hat meine Tür eingetreten. Meine Eltern stürmen auf mich zu und meine Mutter fängt sofort hysterisch an zu schreien, als sie sieht, was ich getan habe. Mein Vater schaut mich erschrocken mit großen Augen an, blickt dann aber schnell suchend im Zimmer umher. An meinem Schreibtischstuhl hängt ein Handtuch, mit dem ich mir gestern Abend die Haare nach dem Waschen abgetrocknet habe. Schnell schnappt er es und drückt mit einer Hand meine Arme und Handgelenke zusammen und wickelt mit der anderen den Frotteestoff herum, um die Blutung einigermaßen unter Kontrolle zu bekommen.

»Rufe einen Rettungswagen, schnell!«, schreit er meiner Mutter gegen die Musik zu.

Meine Mutter eilt aus dem Raum. Mein Vater redet auf mich ein, doch ich kann ihn nicht hören. Er weint verzweifelt, genauso wie vor einem Jahr, als Sina in seinen Armen gestorben war.

Die Umgebung verschwimmt vor meinen Augen und ich gehe in meinen Erinnerungen zurück. Vor meinem geistigen Auge sehe ich, was damals geschah:

Ich wollte mit Freunden bei uns zu Hause grillen. Meine Eltern haben einen Ausflug gemacht und ich hatte ihnen angeboten, auf meine kleine Schwester aufzupassen. Ihr Schwimmkurs sollte in zwei Wochen starten und sie freute sich sehr darauf. Wasser zog sie magisch an. Mir war klar, dass ich aufpassen musste, dass sie nicht alleine in den Pool ging oder zu nah am Beckenrand spielte. Es waren nur ein paar Minuten, in denen ich mit meinen Freunden rumgealbert hatte. Sie musste sich an uns vorbeigeschlichen haben.

Mein Vater war noch mal zurückgekommen, er hatte etwas vergessen. Der Pool lag weiter hinten im Garten und er kam von der anderen Seite. Deshalb hatte er zuerst ihre Schreie gehört. Sina muss in dem Moment, in dem ich unachtsam war, in den Pool gestürzt sein. Mit Kleidern war er in den Pool gesprungen und hatte versucht, sie zu retten. Als er bei ihr ankam, war sie bereits bewusstlos. Er fasste den schlaffen Körper seiner jüngeren Tochter, zog sie aus dem Wasser und legte sie dann sachte ins Gras. Bevor er mit den Wiederbelebungsmaßnahmen abfing, hatte er uns zugeschrien, den RTW zu verständigen. Dieser traf einige Minuten später ein, doch da war es schon zu spät für Sina.

Meine Mutter sitzt seitdem nur zu Hause, geht nicht mehr arbeiten, nicht mehr aus und schafft es nicht mal mehr, mir direkt in die Augen zu schauen. Die Antidepressiva, die sie nimmt, machen sie sehr müde und sie schläft öfters, auch tagsüber. Mein Vater versucht, alles aufrechtzuhalten. Er arbeitet, kauft ein und kocht. Bei der Hausarbeit unterstütze ich ihn öfters.

Mein Vater hat alle Bilder im Haus, auf denen Sina abgebildet ist, weggeräumt und wir erwähnen nicht mehr ihren Namen. Nur ihr Zimmer ist noch so, als hätte sie es nie verlassen. Jeden Abend sitze ich auf ihrem Bett mit ihrem Lieblingskuscheltier in der Hand, einem Hasen, und weine in sein Fell.

Auch wenn sie es nie gesagt haben, nehme ich an, dass meine Eltern mir ihren Tod nie verzeihen werden.

Ich bin adoptiert. Meine Mutter hat mich nach der Geburt im Krankenhaus gelassen. Sie ist ein Junkie und das Jugendamt teilte meinen Adoptiveltern vor zwei Jahren mit, dass sie an einer Überdosis gestorben ist.

Meine Eltern hatten es mir nicht sagen wollen, ich hatte es aber bei einem Gespräch zwischen ihnen mitbekommen, als ich am Wohnzimmer, wo die Tür offen gestanden hatte, vorbei in Richtung Küche gelaufen bin. Da ich meine leibliche Mutter nie kennengelernt habe, habe ich keine Trauer für sie verspürt. Damals erschienen mir meine Adoptiveltern wie meine leiblichen Eltern. Ich habe es immer gut bei ihnen gehabt und sie haben mich abgöttisch geliebt, bis Sina vor ein paar Jahren ungeplant zur Welt kam. Ein medizinisches Wunder. Meine Eltern thematisierten es nie und bemühten sich, zwischen uns keinen Unterschied zu machen, doch ich merkte, dass sie Sina, ihr leibliches Kind mehr liebten als mich. Das versetzte mir häufig einen Stich ins Herzen. Doch seit Sina vor einem Jahr verstarb, ist ihre Liebe, so spüre ich, auch für mich mit erloschen. Selbst wenn sie es nie sagen, habe ich das Gefühl, dass ich hier nicht mehr erwünscht bin. Ich hatte überlegt auszuziehen – aber wohin soll ich gehen?

Mein bester Freund ist frisch verliebt und hat gerade anderes im Kopf. Er war jedoch nach dem Tod meiner Schwester sehr viel für mich da. Meinen Schmerz über ihren Verlust und meine Schuldgefühle konnte er mir trotzdem nie nehmen. Außerdem werde ich erst in einem Jahr volljährig. Das heißt, wenn ich ausziehen wollen würde, müssten meine Eltern zustimmen.

Der Krankenwagen trifft ein und die Sanitäter tauschen das Handtuch durch feste Druckverbände aus.

»Wir geben Ihnen etwas gegen die Schmerzen. Die Blutung ist nun erst mal gestoppt. Gott sei Dank haben sie waagrecht und nicht direkt entlang der Pulsadern geschnitten, sonst wären Sie jetzt tot«, sagt der ein Sanitäter zu mir, nachdem er meine Wunden versorgt hat.

Ich schaue ihn an und schlucke.

Fast tot, denke ich und mir wird etwas schummerig.

Der andere Sanitäter steht vor meinem Zimmer im Flur und redet beruhigend auf meine Eltern ein. Ich höre beide weinen.

»Möchten Sie, dass ein Elternteil mit Ihnen im Rettungswagen fährt?«, fragt der Sanitäter.

Er hat blaue Augen und blonde Locken.

Wie Sina, denke ich.

Ich schüttle den Kopf. Mit einem Mal fange ich ebenfalls an zu weinen und bekomme ein schlechtes Gewissen. Als ob der Tod meiner Schwester nicht schon schlimm genug für meine Eltern gewesen wäre, nun mache ich ihnen auch noch Kummer.

»Mama, Papa, es tut mir so leid«, schluchze ich.

Meine Eltern hatten sich an den Händen gehalten und versucht, sich gegenseitig zu trösten. Nun hebt mein Vater den Kopf, lässt meine Mutter los und kommt zu mir.

Er kniet sich vor mich, wie er es früher gemacht hat, um mir die Schuhe zu zubinden.

»Zoe, warum hast du das getan?«, seine Stimme zittert.

»Weil ich schuld bin, dass Sina tot ist«, stoße ich hervor.

Mein Vater seufzt auf, nimmt meine Hände ganz vorsichtig in seine. Jetzt taucht auch meine Mutter hinter ihm auf, hockt sich neben ihn und beginnt meine Tränen mit den Händen wegzuwischen. Sie hat aufgehört zu weinen. Beide schauen mich ernst an.

»Du bist nicht schuld. Es war ein Unfall. Es tut mir leid, dass wir nie darüber gesprochen haben. Wir waren so sehr mit unserem eigenen Schmerz beschäftigt«, sagt meine Mutter mit leiser Stimme, nun weicht sie nicht mehr meinem Blick aus. Ihr Blick wirkt wieder etwas gefestigter.

Mein Vater nickt zustimmend, streicht über meine Finger, die unter den Verbänden hervorschauen.

Ich schließe die Augen. Dann sagt mein Vater: »Mir tut es auch leid, Zoe. Wenn es noch nicht zu spät ist, werden wir nun für dich da sein. Wir haben dich so unglaublich lieb. Sina würde wollen, dass wir zusammenhalten.«

8. Die Entscheidung

Die Geschichte von Nadine und Thorsten

Nadine:

Es ist ein Tag im Winter, zwei Tage nach Weihnachten. Durch die Lamellen des Krankenhausfensters sehe ich Schneeflocken, die sachte vom Himmel fallen. Ich weiß, dass sie nicht liegen bleiben werden, dafür ist es nicht kalt genug und trotzdem habe ich eine Gänsehaut an meinen nackten Beinen.

Ich liege auf dem gynäkologischen Stuhl und habe die Beine zur Untersuchung in gespreizter Haltung auf den seitlich angebrachten Halterungen abgelegt. Meine Oberschenkel zittern, ich habe Angst. Das Krankenhaushemd ist mir viel zu groß.

Die Ärztin kommt auf mich zu und nickt. Dabei hat sie die Lippen zusammengepresst. Dann schaut sie mich erwartungsvoll an und fragt: »Sie haben es gerade eben schon unterschrieben, aber ich muss sie trotzdem fragen, ob sie sich sicher sind, den Schwangerschaftsabbruch durchführen lassen zu wollen.«

Die Ärztin hat eine dunkle Frauenstimme. Sie hatte auch vor zwei Wochen die Fruchtwasseruntersuchung bei mir durchgeführt.

Ich atme noch einmal tief ein und aus, dann nicke ich und sage halblaut: »Ja.« Meine Stimme zittert dabei.

»In Ordnung, dann gebe ich Ihnen nun die lokale Betäubung und sobald diese wirkt, beginne ich mit dem Eingriff. Wartet draußen jemand auf Sie, der Sie im Anschluss betreut?«

Ich nicke.

»Eine Freundin«, flüstere ich leise.

»Sie kann auch dabei sein, wenn Sie das möchten«, bietet mir die Ärztin an.

Ich schüttle den Kopf und versuche, meine aufkommenden Tränen zu unterdrücken.

Die Frau, die ca. vierzig Jahre alt ist, schaut mich an, streicht mir noch einmal über den Arm und dreht mir dann den Rücken zu, um die Spritze mit der Betäubung vorzubereiten.

Hat sie Kinder? Verurteilt sie mich?

»Schließen Sie am besten die Augen und versuchen Sie, an etwas anderes zu denken. Ich weiß, das ist leichter gesagt als getan«, redet sie beruhigend auf mich ein.

Sie macht ihren Job souverän und gut.

Ich schlucke, schließe die Augen und merke, wie mir Tränen über die Wangen laufen.

Nach ein paar Minuten spüre ich, dass die Betäubung anfängt zu wirken.

Gut zwei Stunden später

Ich sitze im Auto meiner besten Freundin auf dem Beifahrersitz. Ich schaue noch einmal zum Krankenhausgebäude. In einigen Fenstern hängen Lichterketten.

Thorsten wollte das Kind nicht, als klar war, dass es Down Syndrom haben wird. Wenn ich es behalte, so meinte er, dann müsste ich mich alleine darum kümmern.

Ich lege die Hand auf meinen Bauch, vor wenigen Tagen hatte mir die Ärztin auf dem Ultraschall gezeigt, wie das Herzchen schlägt.

Mein Bauch ist noch immer leicht gewölbt, aber ich spüre nichts mehr darin. Stattdessen macht sich eine Leere darin breit.

Kein Baby mehr. Ich weiß nicht mal, ob es ein Junge oder ein Mädchen war.

Wir fahren an ein paar Häusern vorbei. An den Fenstern hängen Fensterbilder mit Weihnachtsmännern und Engeln.

Von meiner Familie weiß niemand, dass ich mich zu einer Abtreibung entschlossen habe. Ich werde ihnen beim nächsten Treffen, das beim Geburtstag meiner Oma im Frühjahr sein wird, sagen, dass ich das Kind verloren habe. Dann werden sie Mitleid mit mir haben, aber nicht weiter nachfragen und bald vom Thema ablenken oder mir Mut zusprechen, dass es beim nächsten Mal klappen wird.

Ich bin 43. Es wird kein nächstes Mal geben. Diese Schwangerschaft war meine innere Deadline. Als ich jünger war, wollte ich erst noch keine Kinder, dann mein Mann nicht und dann, als wir beide Nachwuchs wollten, klappte es erst mal nicht. Wir lenkten uns ab, reisten viel und genossen das Leben, bis in unserem letzten Strandurlaub unser kleines Wunder dann doch noch kam.

»Alles in Ordnung? Soll ich dir noch was zu essen machen?«, unterbricht meine Freundin meine Gedanken.

Ich schaue hoch und sehe, dass sie gerade in die Straße einbiegt, in der ich zusammen mit meinem Mann wohnen. Die Uhr im Auto zeigt an, dass es zwei Uhr nachmittags ist. Meine letzte Mahlzeit ist schon eine Weile her.

Ich schüttle den Kopf, ich möchte nur alleine sein.

Die Leere von meinem Bauch wandert nun weiter in meinem Körper und verankert sich dann in meinem Herzen. Gut, dass wir noch nicht über Namen gesprochen hatten.

Als der Wagen hält und ich aussteigen will, merke ich, wie es in meinem Unterleib anfängt, kräftig zu ziehen. Die Schmerzmittel lassen nach, aber ich habe noch welche von der Ärztin mitbekommen.

»Aber einen Tee kann ich dir noch machen? Und dann ruhst du dich auf der Couch aus und ich bleibe noch ein wenig bei dir«, lässt meine Freundin nicht locker.

Ich schüttle abermals den Kopf. »Das ist lieb, aber das musst du nicht. Gleich kommen deine drei großen Kinder von der Schule. Und dann musst du ja auch noch Emil von der Kita abholen.«

Meine Freundin hat vier Kinder. Vier, das ist so verrückt und alle waren geplante Wunschkinder.

Ich habe ihr gesagt, der Embryo hätte sich nicht weiterentwickelt. Ihr jüngster Sohn hat Down Syndrom und sie liebt ihn trotz allem abgöttisch. Ich wollte nicht, dass sie mich dadurch mit anderen Augen sieht.

Die Aussage, dass der Embryo nicht lebensfähig war, wird meine Standardantwort in den nächsten Wochen werden. Die Fehlgeburt war eine Laune der Natur.

Auf der Arbeit habe ich heute Morgen angerufen und erzählt, ich hätte mir den Magen verdorben und danach gefragt, ob ich ein paar Tage im Home Office arbeiten könnte. Mein Chef hatte nichts dagegen einzuwenden.

Ich hebe noch einmal die Hand, um mich zu verabschieden, dann sehe ich meine Freundin mit ihrem Auto um die Ecke biegen. Seufzend suche ich meinen Wohnungsschlüssel aus der Tasche, doch bevor ich ihn ins Schloss stecken kann, öffnet mir Thorsten die Tür. Mein Magen zieht sich zusammen. Meine Unterlippe fängt an zu zittern. Er ist seit einer Woche nicht mehr zu Hause gewesen und hatte sich seitdem auch nicht gemeldet. Ich hatte es nicht gewagt, ihm zu schreiben, da ich auch zu sehr mit mir und meiner Entscheidung beschäftigt gewesen war.

Er ist totenblass, tritt vor und drückt mich mit einem Mal fest an sich. Mir bleibt vor Überraschung fast die Luft weg. Dann zieht er mich an der Hand hinein und schließt mit der anderen Hand die Tür.

Drinnen angekommen hilft er mir, meine Jacke auszuziehen, und hängt sie auf. Sogar bei den Schuhen hilft er mir, worüber ich sehr dankbar bin, denn die Schmerzen werden stärker und das Bücken dadurch überaus unangenehm. Zudem steigt Übelkeit in mir auf und mir wird etwas schummerig.

Wann genau habe ich eigentlich das letzte Mal etwas Richtiges gegessen?

Ich spüre Thorstens besorgten Blick auf mir. Die letzten Wochen haben wir kaum ein Wort miteinander gesprochen. Seitdem er mir deutlich gemacht hat, dass er kein behindertes Kind will und ich, falls ich keine Abtreibung machen lasse, alleine dafür sorgen muss, herrschte Funkstille zwischen uns. Er hatte mir, bevor er ging, noch gesagt, dass er ein paar Tage bei einem Freund wohnen würde.

»Möchtest du ein Glas Wasser?«, fragt er und unterbricht damit meine Gedanken. Gleichzeitig führt er mich zur Couch.

Ich halte mir nun den Bauch, nicke gequält.

»Bringst du mir auch meine Tasche? Es tut so weh, ich brauche etwas gegen die Schmerzen. Die Tabletten sind in der vorderen Tasche, die mit dem Reißverschluss«, presse ich unter Schmerzen fast jedes Wort einzeln hervor.

Er nickt und schluckt. Ich stöhne auf, krümme mich zusammen und lasse mich seitlich auf die Couch sinken.

Innerhalb weniger Minuten ist er wieder da. In der Hand hat er meine Tasche. Er öffnet den vorderen Reißverschluss. Mit zitternden Händen zieht er die Tabletten hervor, drückt mir eine aus dem Blister und reicht mir diese zusammen mit dem Wasserglas.

Dankbar nehme ich beides an und spüle das Schmerzmittel mit viel Flüssigkeit hinunter.

Ich schließe die Augen. Thorsten legt eine Decke über mich und fängt an, über mein Haar und über meine Wange zu streicheln. Kurz bevor ich in einen traumlosen Schlaf falle, höre ich ihn plötzlich aufschluchzen und sagen: »Es tut mir leid, ich hätte für dich da sein sollen. Hätten wir doch nur darüber gesprochen, gemeinsam eine Entscheidung getroffen. Nun ist es zu spät …«

Als ich wieder aufwache, ist es draußen dunkel. Thorsten hat die Lampe neben dem Sofa angeschaltet und im Hintergrund höre ich leise einen Krimi laufen. Thorsten sitzt neben mir und schaut auf den Film, aber ich sehe, dass seine Augen noch immer rot vom Weinen sind.

»Hey …«, mache ich mich bemerkbar und zeige, dass ich wieder wach bin.

»Hey …«, antwortet er und versucht aufmunternd zu lächeln, doch es gelingt ihm nicht.

»Wie geht es dir?«

»Na ja ... Ich denke mal den Umständen entsprechend«, antworte ich zögernd.

Er nickt.

»Nadine ...«, setzt er zu sprechen an.

»Ja?«, frage ich.

Ich fühle mich erschöpft, aber auch dankbar, dass er bei mir ist.

»Nadine, ich hätte dich nicht so unter Druck setzen sollen. Es tut mir leid! Es war unser Baby, wir hätten es gemeinsam entscheiden sollen ...«, er bricht ab und ich sehe, wie wieder Tränen über seine Wangen laufen.

Ich richte mich halb auf und schaue ihn an.

Heute Morgen war ich noch unsicher und enttäuscht, dass er das Kind nicht wollte. Doch nun sehe ich seine Reue.

»Am liebsten würde ich das Ganze rückgängig machen«, schluchzt mein Mann auf. Ich wische seine Tränen mit meinen Händen weg und schüttle den Kopf.

»Nein, es ist ok so«, flüstere ich.

Er hält inne.

»Wirklich?«, fragt er verwirrt.

Ich nicke.

»Aber ... Was, wenn die Diagnose nicht gestimmt hat ...?«

Diese Frage hatte ich mir die letzten Nächte auch gestellt.

Ich schüttle den Kopf und antworte: »Wir waren doch bei mehreren Fachärzten, ich vertraue darauf, was sie sagen.«

Mein Mann nickt, sieht aber nicht überzeugt aus. Er legt seine Hand auf meinen Bauch, ich lege meine Hand darüber. »Sein Herzchen hat schon geschlagen und bald hätten wir erfahren, ob es ein Junge oder ein Mädchen wird. Hätten wir doch früher mit der Kinderplanung begonnen ...«, flüstert Thorsten.

»Wir hätten so vieles machen oder nicht machen können. Aber stelle dir ein Leben mit einem behinderten Kind vor – das wäre nicht das gewesen, was wir uns erträumt haben und auch für das Kind wäre es nicht schön gewesen. Natürlich bin ich traurig, aber ich kann dich auch verstehen, du hattest Angst«, sage ich mit ruhiger Stimme und bin über mich und die klaren Worte, die aus meinem Mund herauskommen, selbst erstaunt.

Thorsten schaut mich mit großen Augen an. Dann nimmt er mich in den Arm wie vorhin an der Tür und hält mich ganz lange fest. Der Krimi ist zu Ende und es beginnen die Tagesthemen. Wir lösen uns aus unserer Umarmung.

»Vielleicht versuchen wir es bald noch mal?«, flüstert er mir ins Ohr.

Ich schließe die Augen und spüre Hoffnung in mir aufsteigen.

»Ja, vielleicht machen wir das«, flüstere ich zurück.

Sechs Monate später

Ich bin wieder schwanger und diesmal ist alles gut. In den Händen halte ich einen Brief, es sind die Untersuchungsergebnisse der ausführlichen Nachuntersuchung von meinem ersten Kind. Ich habe es nie gewagt, ihn zu öffnen. Er kam ein paar Wochen nach der

Abtreibung. Die Ärzte sagten, dass laut den vorangegangenen Tests die Wahrscheinlichkeit sehr hoch wäre, dass das Kind Down Syndrom hätte.

Ich halte für einen Moment die Luft an und beschließe den Umschlag – warum auch immer – nun doch aufzureißen. Ich habe ihn beim Aufräumen gefunden. Er war hinter den Schrank im Flur gerutscht und mir eben, als mir etwas dahinter gefallen war, wieder ins Auge gefallen.

»... *Ihr Kind wäre mit zu 100%iger Wahrscheinlichkeit gesund zur Welt kommen. Eine Trisomie 21 liegt nicht vor* ...«, hallt das Gelesene in meinen Gedanken wider.

Meine Unterlippe fängt an zu zittern und ein paar Tränen rollen über meine Wangen. Ich schließe die Augen und spüre den Embryo in meinem gewölbten Bauch kräftig strampeln. Die Blutergebnisse haben von Anfang an gezeigt, dass bei der zweiten Schwangerschaft alle Werte in Ordnung sind.

Eine halbe Stunde später

Vor mir steht eine dampfende Tasse mit Kamillentee. Thorsten ist gerade mit seinem Auto die Einfahrt reingefahren. Meine Augen sind noch immer leicht gerötet vom Weinen. Ich werde es auf die Stimmungsschwankungen schieben.

Sein Schlüssel knackt im Schloss, als er die Tür aufschließt. Lächelnd kommt er zu mir, beugt sich zu mir hinab und küsst mich auf den Scheitel.

»Na, wie geht es meinen beiden Mädchen?«, fragt er und strahlt dabei übers ganze Gesicht.

9. Die Hochzeit

Die Geschichte von Patrick und Melina

Patrick:

Zwei Stunden zuvor

Ich bin sehr nervös, noch mehr, als ich dachte. Mein Trauzeuge Daniel hat mir ein Glas Sekt gegen die Aufregung gebracht. Er grinst mich an und klopft mir aufmunternd auf die Schulter. »Hier, ich habe dir auch noch ein belegtes Brötchen vom Bäcker geholt, damit du nicht gleich im Standesamt aus den Latschen kippst. So aufgeregt habe ich dich noch nie erlebt«, sagt er und lacht mich dabei an.

Wir sind in der Junggesellenbude von Daniel. Traditionell wollten Melina und ich die Nacht getrennt verbringen.

Ich kann mir ein Leben ohne meine baldige Frau nicht mehr vorstellen. Und an unserem zehnten Jahrestag, der vor einem halben Jahr war, war für mich klar, dass sie die einzig wahre Liebe für mich ist. Ich habe ihr einen Antrag gemacht. Ohne zu zögern, hatte sie »Ja« gesagt. Und nun stehe ich hier und versuche, mir zum dritten Mal mit zitternden Fingern meine Krawatte zu binden.

Das Standesamt liegt etwas abgelegen in einem Schloss, das direkt an einen See grenzt. Es wird Zeit, dass wir uns auf den Weg dorthin machen. Wir fahren mit getrennten Wagen hin, denn Melina wird davor noch beim Friseur zurechtgemacht und wird von ihrer Trauzeugin gefahren.

Es ist Ende Oktober und durch das zum Lüften geöffnete Fenster weht kalter Wind zu uns herein.

Ich stehe in Daniels Schlafzimmer vor dem Kleiderschrank. Hier befindet sich der einzige Spiegel, indem ich mich komplett sehen kann, denn ich bin fast zwei Meter groß.

»Hey Mann, so langsam wird es aber Zeit. Lass mich dir helfen«, sagt Daniel und eilt mir zu Hilfe.

Dankbar lächle ich ihn an.

»Hast du die Ringe?«, frage ich ihn nervös.

»Aber natürlich, was denkst du denn?«, lacht Daniel und klopft auf seine linke Brusttasche, nachdem er mir geschickt beim ersten Anlauf die Krawatte korrekt gebunden hat.

Ich atme noch einmal tief ein und aus und überprüfe meine Frisur.

»Packen wir es an! Das wird die geilste Hochzeit des Jahres!«, grölt mein Trauzeuge, packt mich am Arm und zieht mich energisch die Treppe nach unten, bevor ich es mir anders überlegen kann.

Hier könnte ich noch einen Rückzieher machen.

Eine gute Viertelstunde später sitzen wir in seinem Auto und fahren Richtung Standesamt.

Zur Location, in der wir nach der Trauung feiern wollen, ist es nicht ganz so weit. Sie befindet sich in unmittelbarer Nähe des Trauungsortes. Nervös spiele ich während der ganzen Fahrt an meinen Fingernägeln herum.

Marina hat mir eben getextet, dass sie und ihre Trauzeugin ebenfalls auf dem Weg sind. Es läuft alles nach Plan.

Ich schließe für einen Moment die Augen und atme tief ein und laut durch die Nase aus.

Noch ein paar Stunden, dann sind wir Mann und Frau. Sie wird in ihrem Kleid bestimmt wunderschön aussehen. Hübsch, lieb und intelligent zugleich. Besser hätte ich es wirklich nicht treffen können. Und trotzdem steigt Unsicherheit in mir auf. Bis zum Lebensende – das klingt so verdammt lange.

Daniel lacht leise, er hat mitbekommen, dass es eine Weile gebraucht habe, bis ich Melina einen Antrag gemacht habe. Dabei fand er schon von Anfang an, dass wir ein Traumpaar wären.

»Willst du ein Bier?«, raunt er mir zu.

»Was?«, frage ich nach.

»Oder doch lieber einen Schnaps? Zur Beruhigung, dachte ich?«, sagt er scherzhaft und schaut zwischen Straße und mir hin und her.

»Ne, lass mal. Ich trinke lieber keinen Schnaps, sonst kotze ich meiner Braut vielleicht vor die Füße, anstatt ihr das Ja-Wort zu geben«, sage ich.

Ich lege meine Hände auf meinen Knien, auf dem Stoff der Anzughose, ab. Sie zittern ein klein wenig.

Warum bin ich so aufgeregt?

Daniel kann sich das Lachen einfach nicht verkneifen und meint noch: »Mann, du machst dir ja fast ins Hemd! Was ist denn los mit dir? Du hast die Hochzeit doch immer gewollt, oder? Hast du jetzt Torschlusspanik oder ist es was anders?«

Ich wische mir den Schweiß von der Stirn.

So aufgeregt war ich das letzte Mal mit achtzehn vor meiner Führerscheinprüfung. Ich habe wohl wirklich nur Panik vor dem großen Schritt.

Eine Stunde zuvor

Wir haben das Standesamt erreicht, parken auf dem Parkplatz ca. 500 Meter entfernt und gehen auf das Gebäude zu. Melina und ihre Trauzeugin können wir noch nirgendwo entdecken.

Aber sie war ja noch nie die Pünktlichste, versuche ich, mich in Gedanken selbst zu beruhigen.

»Na ja, etwas Zeit hat sie ja noch«, stellt mein Trauzeuge fest.

Ich nicke zögerlich.

»Vielleicht sind wir auch einfach zu früh …«, nuschle ich in meinen nicht vorhandenen Bart.

Daniel grinst, steckt sich dann eine Zigarette in den Mundwinkel, zündet sie an und bietet mir auch eine an.

Dankbar lächelnd lehne ich ab.

»Du hattest Angst, dass wir im Stau stehen. Deshalb sind wie so früh losgefahren. Ich habe dir doch gesagt, dass wir auf halber Strecke noch irgendwo einen Kaffee trinken sollten«, meint er zwischen ein paar Zügen. »Also beschwere dich nicht, dass wir jetzt zu früh sind.«

Ich atme tief einmal ein und aus, zucke mit den Schultern.

Wo er recht hat, hat er recht. Ich komme ungern zu spät. Melina ist da das totale Gegenteil, sie erledigt immer alles erst auf den letzten Drücker.

Vor dem Standesamt stehen Bänke unter ein paar Bäumen. Es steigt ein kalter Wind auf und ich beginne zu frieren, obwohl ich mein Wintermantel anhabe. Auch Daniel zieht die Schultern in seiner Daunenjacke nach oben und reibt die Hände aneinander.

»Und was machen wir jetzt?«, frage ich mit zitternder Stimme.

Daniel zuckt zunächst die Schultern, dann sehe ich, wie es hinter seiner Stirn anfängt zu arbeiten.

»Ich rufe mal Silke an und frage sie, wie lange sie in etwa noch brauchen. Wenn es noch länger dauert, gehen wir rein und warten in der Halle. Es wäre doof, wenn du dir jetzt, kurz vor den Flitterwochen, noch eine Erkältung einfängst.«

Daniel holt sein Handy aus der Tasche und sucht die Nummer von Silke, Melinas Trauzeugin, heraus.

Das Freizeichen ertönt. Er lässt es ein paar Mal klingeln.

»Hm, es geht keiner dran. Ach, bestimmt haben die beiden einen Zwischenstopp eingelegt. Die sind schlauer als wir und stärken sich noch mal, bevor es ernst wird«, meint er und lächelt dabei leicht.

»Und wenn etwas nicht stimmt?«

Vielleicht hat sie auch Zweifel und will deswegen gar nicht erst losfahren.

»Patrick, mach dir doch nicht ins Hemd! Die beiden werden kurz vor knapp hier auftauchen. Wie auch sonst, wenn wir abends mit ihnen ausgehen«, beruhigt mich mein Trauzeuge, doch während er das sagt, verschwindet sein Lächeln. Er scheint nun doch etwas beunruhigt. Er kräuselt seine Stirn.

Die Falte zwischen seinen Augen wird wieder glatt, als im gleichen Moment sein Handy vibriert und anzeigt, dass er eine Textnachricht erhalten hat.

»Siehst du, Silke schreibt, sie haben sich mit der Zeit verschätzt und der Friseur hat auch länger gebraucht als geplant. Also alles in Ordnung. Du hast umsonst Muffensausen gehabt. Lass uns rein gehen, es ist ganz schön kalt hier draußen.«

Erleichtert seufze ich auf. Gemeinsam betreten wir das Standesamt. Daniel weiß genau, wo wir hinmüssen. Um in die obere Etage zu gelangen, nehmen wir die Treppe, um noch etwas die Zeit zu überbrücken.

Unsere Familien und die anderen Gäste werden später an der Location auf uns warten.

Das Treppensteigen war eine gute Idee. Oben angekommen ist mir wieder warm und Schweiß perlt auf meiner Stirn. Mein Trauzeuge will mir das Jackett abnehmen. Dankbar lächle ich Daniel zu. Er nimmt mir dieses ab und hängt es zusammen mit seiner Jacke an die Garderobe, die sich links von ein paar Stühlen befindet.

Dann nehme ich mein Handy aus der Tasche und grinse. Meine Verlobte hat mir geschrieben, dass es später wird und ich mir keine Sorgen machen soll.

Ich lasse das Handy wieder in meine Hosentasche gleiten und versinke in einem Tagtraum. Ich träume davon, dass wir unterwegs in unsere Flitterwochen sind. Wir wollen in den Süden fliegen. Die Hochzeit und der anschließende Urlaub sind seit über einem halben Jahr geplant. Und erstaunlicherweise hat bisher auch alles reibungslos geklappt.

Was soll jetzt noch schief gehen?, denke ich und beschließe für einen Moment, meine Augen auszuruhen. Daniel raunt mir zu, dass er uns noch etwas zu trinken besorgt. Ich nicke ihm zu und lehne mich dann, soweit es geht, auf der Bank zurück.

Eine halbe Stunde zuvor

Die Nervosität ist wieder da. Von meiner baldigen Frau und ihrer Trauzeugin ist weiter nichts zu sehen. Ich beschließe sie nun anzurufen. Mit zitternden Händen suche ich ihre Nummer heraus. Es erklingt, dann ertönt das Besetztzeichen.

»Das ist seltsam ...«, sage ich halblaut und lege wieder auf, starre auf mein Handy.

Da stimmt etwas nicht!

Daniel kommt auf mich zu, in den Händen hält er zwei dampfende Tassen, gefüllt mit Kaffee.

»Hast du sie erreicht? Stehen sie im Stau?«

Ich schüttle den Kopf und bekomme trotz des Brötchens vor ein paar Stunden ein flaues Gefühl im Magen.

Daniel schluckt, stellt vorsichtig die heißen Tassen auf einem Beistelltisch neben der Bank ab.

»Lass uns noch etwas warten. Sie sind ja noch nicht zu spät.«

Ich schließe wieder die Augen, spüre, wie Daniel einen Arm auf meine Schulter legt.

Mit Atemübungen versuche ich, mich zu beruhigen.

Fünfzehn Minuten nach dem Termin

Ich habe Tränen vor Wut und Enttäuschung in den Augen. Meine Hände sind in den Taschen des Jacketts zu Fäusten geballt. Melina ist nicht erschienen und bei ihrem Handy ertönt weiterhin das Besetztzeichen, wenn ich versuche, sie zu erreichen.

»Ich rufe bei der Polizei an und klappere alle Krankenhäuser in der Umgebung ab, vielleicht hatten sie ja einen Unfall«, sagt mein Trauzeuge.

Ich lache verächtlich auf. »Meinst du, die Mühe lohnt sich? Bestimmt hatte sie doch keinen Bock, mich zu heiraten. Aber das hätte sie mir vorher sagen können, statt mich hier so sitzen zu lassen! Und das nach zehn Jahren Beziehung!«

Energisch stampfe ich mit einem Fuß auf und laufe dann unruhig den Flur auf und ab.

»Pass auf, ich versuche jetzt noch mal Silke zu erreichen«, sagt Daniel. Ich bin froh, dass er weiterhin ruhig ist. Ich nicke, gehe dann langsam wieder zu den Stühlen und sinke darauf zusammen wie ein Häufchen Elend.

»Auch besetzt. Ich rufe jetzt bei der Polizei an ...«, sagt Daniel energisch, doch dann wird er von jemand unterbrochen.

Silke steht vor uns. Sie hat Tränen in den Augen und ist zunächst außer Atem. Hysterisch versucht sie, uns zu berichten, was passiert ist. Aber wir können sie nicht verstehen.

»Hey, beruhig dich erst mal und dann erzähl uns in Ruhe, was passiert ist«, meint Daniel.

Silke atmet schwer, Tränen laufen über ihre Wangen. Es dauert ein paar Minuten, bis sie sich soweit gefangen hat, dass sie so reden kann, dass wir sie verstehen.

»... Melina ist eben vor dem Standesamt plötzlich, einfach so, umgekippt und dann lag sie da und hat sich nicht mehr gerührt. Sie lag mit dem Gesicht nach unten. Ein Zeuge hat einen Krankenwagen gerufen. Der kam. Die Sanitäter haben sie auf eine Trage gelegt und eingeladen. Aber der Krankenwagen fährt nicht los. Die Sanitäter haben die Türen zugemacht und niemand möchte mir sagen, was los ist.«

Sie fängt an, bitterlich zu weinen. Daniel streicht ihr tröstend über den Rücken.

Auch mir laufen nun Tränen über die Wangen.

»Melina …«, flüstere ich. »Meine liebe Melina … ich muss zu ihr!«, sage ich mit rauer Stimme.

Ohne nachzudenken, sprinte ich die Treppen nach unten, renne an einem frisch vermählten, lächelnden Paar vorbei, die gerade aus einem Raum kommen, nach draußen. Hinter mir höre ich Silke und Daniel laut nach mir rufen. Aber für mich gibt es kein Halten mehr. Mein Herz schlägt schnell.

Melina, halte durch, ich bin gleich bei dir mein Schatz!

Der Krankenwagen steht noch vor der Tür. Die Sirene ist aus und es ist gespenstisch still. Ich gehe zur hinteren Tür und klopfe energisch gegen die Scheibe. Es kommt mir wie eine Ewigkeit vor, bis ein Mann die Flügeltür des Wagens öffnet.

»Melina! Melina!«, schreie ich ihm ins Gesicht und will mich an ihm vorbei schieben. Doch er lässt es nicht zu. Stattdessen schaut er mich ernst an. In dem Moment ist mir klar, dass ich Melina heute nicht heiraten werde.

10. Der Eisbecher

Die Geschichte von Ralf und Bella

Ralf:

Ich sitze im Auto vor ihrem Elternhaus und kaue an meinen Nägeln. So wie jetzt muss ich mich damals vor meinem ersten Date gefühlt haben. Doch das erscheint mir schon eine Ewigkeit her, sodass ich mich nicht mehr genau erinnern kann.

Ob sie sich noch zurechtmacht? Hoffentlich trägt sie die Haarklammer, die ich ihr zu ihrem letzten Geburtstag geschenkt habe. Damit sehen ihre rotbraunen Haare besonders hübsch aus.

Nervös schaue ich auf mein Handy. Ein Foto von ihr habe ich als Hintergrundmotiv gewählt. Sie lacht dabei übers ganze Gesicht und streichelt ihren Hund. Ich seufze einmal auf. Die Minuten erscheinen mir wie Stunden.

Es vergehen noch ungefähr zehn Minuten, bis sich endlich die Haustür der Wohnung öffnet. Sie hat das geblümte Kleid an, das ich so an ihr liebe. Der Stoff reicht bis knapp über ihr Knie.

Suchend schaut sie sich nach mir um. Schnell erblickt sie mein Auto und sieht mich darin. Sie lacht laut und rennt auf mich zu.

Mein Herz beginnt schneller zu schlagen und mein Puls steigt in die Höhe. Meine Hände fangen an zu schwitzen. Dabei bin ich nicht das erste Mal verliebt. Aber bei ihr ist alles neu und anders.

Mit Schwung reißt sie die Autotür auf und lässt sich neben mir auf den Beifahrersitz fallen.

»Da bist du ja endlich!«, raune ich ihr zu, beuge mich vor und versuche sie zu küssen.

Bella lacht auf, strahlt übers ganze Gesicht.

»Ich habe meine Tasche vergessen. Du weißt doch, ohne die gehe ich nirgendwo hin. Deshalb musste ich noch einmal zurücklaufen und bin deswegen zu spät«, sagt sie mit hoher Stimme und lacht wieder.

Ich beschließe, den Kuss auf später zu verschieben, und lache auch.

»Ach, du bist aber auch ein Schussel. Wenn dein Kopf nicht angewachsen wäre, würdest du auch den vergessen«, antworte ich mit meiner tiefen Stimme.

»Ja«, quiekt Bella auf.

»Fahren wir jetzt los? Es wird schon wieder so schnell dunkel. Du weißt ja, dass ich in der Dunkelheit nicht so gerne unterwegs bin«, sagt sie und schaut mich dabei mit großen Augen an.

Ich nicke ihr zu und starte den Motor.

»Also gehen wir jetzt Eis essen? Oder ist dir doch eher nach einem Stück Torte und einem Kakao?«, frage ich.

Bella legt den Finger an die Lippen und überlegt, dabei grinst sie.

Ihre Lippen sind so schön weich und vollkommen.

»Hm ... Ich glaube – auch wenn es schon ziemlich kalt geworden ist – habe ich Lust auf den Spezialbecher in der Eisdiele. Meine Mutter hat mir nie erlaubt, den zu bestellen, da über das Speiseeis ein Schuss Alkohol gekippt wird. Aber du machst da bestimmt eine Ausnahme, oder?«, fragt sie, grinst und zwinkert mir kokett von der Seite zu.

Ich spüre, wie ihr Verhalten mich erregt, und rutsche etwas unruhig auf dem Autositz hin und her. Mit einem Lächeln versuche ich, mein Empfinden zu überspielen.

»Als ob ich dir einen Wunsch abschlagen könnte!«, antworte ich ihr gönnerhaft.

Wir lachen beide und ich setze die Fahrt zum Eiscafé fort.

Gut eine halbe Stunde später sitzen wir an einem Tisch und Bella schaut in die Karte. Konzentriert lässt sie dabei die Zungenspitze an einer Seite aus dem Mund hängen.

»Ich glaube, ich nehme den Spezialbecher«, sagt sie.

Ich lächle ihr zu. Eine Haarsträhne hat sich aus der Spange gelöst und fällt ihr ins Gesicht.

Gerade als ich sie ihr hinters Ohr schieben will, erscheint die Bedienung, um unsere Bestellung aufzunehmen.

»Ich glaube, wir brauchen noch einen Moment ...«, sage ich, werde jedoch von Bella unterbrochen.

»Nein, ich nehme den Spezialbecher. Wissen Sie, ich habe nämlich heute Geburtstag.«

Die Kellnerin schaut erst Bella und dann mich fragend an, dann lächelt sie.

»Wie alt wirst du denn Süße?«, fragt sie höflich.

»Sechzehn. Und da darf man doch auch mal einen Eisbecher mit einem kleinen Schuss Eierlikör probieren, oder?«, sagt Bella halblaut und bringt ihre rehbraunen Augen wieder gut zur Geltung.

Die Kellnerin schaut erst mich, dann Bella unsicher an. Dann fängt sie sich jedoch wieder, räuspert sich und setzt ein Lächeln auf. »Klar darf man das. Und für Sie?«

»Einen Cappuccino bitte«, antworte ich.

Die Kellnerin nickt und verlässt unseren Tisch. Ich schaue ihr nach und beobachte, wie sie der Frau hinter dem Tresen die Bestellung weitergibt. Für ein paar Minuten stecken beide die Köpfe zusammen und tuscheln miteinander. Ich bekomme eine Gänsehaut.

Mir war klar, dass die Leute über unseren Altersunterschied reden würden.

Dann schaue ich wieder Bella an. Ihre Wangen sind gerötet vor Aufregung. Wir haben uns eine ganze Weile nicht gesehen. Ich war ein paar Monate geschäftlich im Ausland gewesen. Auch an den Feiertagen hatte ich durchgearbeitet. Es ist seitdem einige Zeit vergangen. Bella ist so unglaublich groß und schön geworden. Sie ist zu einer jungen Frau herangereift. Mit meinen Augen betrachte ich sie von oben bis unten. Mein Mund wird trocken, als ich mit meinem Blick bei ihrem

Ausschnitt halt mache. Die Erregung in meiner Hose wird stärker.

Beherrsche dich! Nicht, dass die Leute was mitkriegen.

Bella erzählt, dass sie Streit mit ihrer besten Freundin hat. Ich höre ihr nur halb zu. An dem Tisch hinter uns sitzen zwei ältere Damen und reden halblaut über uns. Ich will etwas erwidern, doch bevor ich dazu komme, kommt schon die Bedienung mit unserer Bestellung.

Bellas Augen strahlen und sie greift direkt zu dem langen Löffel, der neben dem Eisbecher liegt und fängt an, freudig ihr Eis zu essen. Ich nicke der Kellnerin dankend zu. Diese verweilt noch für einen Moment an unseren Tisch und starrte abwechseln mich und Bella an.

Ich höre weitere Gäste halblaut über uns reden. Es hört sich an, als würden wir uns in einem Bienenstock befinden. Meine Hände beginnen zu zittern. Ich spüre mehrere Blicke auf meinem Rücken und den der Kellnerin, die weiterhin direkt vor mir steht.

»Ist noch was?«, frage ich sie. Ich merke, wie ich genervt werde. Die Reaktionen meines Umfelds reizen mich.

Die Kellnerin beugt sich leicht zu mir hinab. »Darf ich Sie etwas fragen? Ist das Ihre Tochter oder in welcher Verbindung stehen Sie zu der jungen Dame?«

Ich spüre Wut in mir aufsteigen.

So etwas habe ich geahnt.

»Sie ist meine Nichte!«, sage ich so laut, dass es alle Leute, die sich im Café befinden, hören können.

Die Kellnerin zuckt zurück. »Es tut mir leid«, antwortet sie pikiert und entfernt sich von unserem Tisch.

Bella hält kurz inne, fängt dann aber laut an zu lachen.

»Was hat die denn gedacht? Manche Menschen sind echt seltsam«, sagt sie und isst kurz darauf weiter ihr Eis.

Sie schmatzt dabei laut und etwas Schokosoße läuft ihr übers Kinn.

Wie gerne würde ich ihr die Soße mit einer Serviette abwischen.

Ich senke den Blick, dann fällt mir mein Cappuccino ein, der noch immer unangetastet vor mir steht. Ich greife nach der Tasse. Diese ist in der Zwischenzeit kalt geworden.

Bella macht sich weiter über ihren Eisbecher her. Am Ende schleckt sie sogar ihre Finger ab. Ich will etwas erwidern, muss aber grinsen.

»Hat es dir geschmeckt?«, frage ich.

Bella nickt bestätigend, dann wandert ihr Blick nach draußen.

»Oh, schau mal, wie dunkel es schon ist. Es wird Zeit, dass du mich nach Hause fährst. Es war echt lieb von dir, mich einzuladen. Heute hatte keiner meiner Freunde Zeit. Aber am Wochenende werde ich mit ihnen bei uns im Keller eine Party feiern. Tom kommt auch. Ach, der ist so lieb. Er ist seit ein paar Wochen neu in unserer Klasse. Ich glaube, ich habe mich ein wenig in ihn verliebt.«

Bella kichert und hält sich dabei die Hand vor den Mund.

Sie ist verliebt?

Ich lächle nicht mehr, gebe der Kellnerin ein Zeichen, dass ich Zahlen möchte.

Bella kichert und erzählt die ganze Autofahrt über von ihrem Schwarm. Ich spüre, wie sich meine Muskeln immer mehr verkrampfen.

Bella merkt nicht, dass ich die Strecke ändere. Ich lenke den Wagen in eine Seitenstraße, die zu einem Waldstück führt. Dann greife ich über sie und klappe geschickt den Beifahrersitz nach hinten. Mit einer Hand schiebe ich ihr kurzes Kleid nach oben. Obwohl es kalt ist, hat sie keine Strumpfhose an.

»Onkel Ralf, was machst du da? Lass das sein! Hör auf damit. ICH WILL DAS NICHT!«, schreit sie mich an.

Ich blende ihre Schreie aus. Mit meinem Gewicht drücke ich ihren Oberkörper nach unten, öffne schnell, mit einer Hand, meinen Gürtel, den Hosenknopf und den Reißverschluss.

Bella weint und schreit, versucht, nach mir zu schlagen, doch ich wehre ihre Angriffe ab.

»Wehr dich nicht, meine Süße. Ich weiß doch, dass es dir auch gefällt«, raune ich in ihr Ohr.

Sie schreit immer lauter um Hilfe. Doch ich weiß, hier kann sie niemand hören.

Ich spüre, wie etwas in ihr reißt, als ich tief und fest mit meinem Glied in sie stoße. Bella schreit noch einmal laut auf. Ich komme kurz danach und lasse mich dann auf sie sinken. Das Mädchen schluchzt unter mir.

Sie ist nicht meine Erste und wird auch nicht meine Letzte sein.

Als ich meine Nichte ein paar Minuten später vor ihrer Haustür absetze, sage ich noch: »Wenn du etwas davon Mama und Papa sagst, bringe ich dich um.«

Autorenbeschreibung:

Jillian Black ist das offene Pseudonym von Julia Bolender.

Julia Bolender wurde 1983 in Mainz geboren. Derzeit lebt sie in Witten.

Hauptberuflich arbeitet sie als Erzieherin in einer Kita und lässt ihre Erfahrungen in Kinderbücher und Lieder einfließen.

Seit 2018 veröffentlicht die Autorin über Amazon und Books on Demand.

Als Jillian Black schreibt die Autorin Kurzgeschichten und Thriller.

Bisher von ihr erschienen sind als E-Books, Printausgaben und Hörbücher:

»Verloren-Zwischen Leben und Tod«

»Mutterschmerzen-Geschichten über starke Frauen«

»Du wirst es bereuen!«